当代作家精品·散文卷　主编　凌翔

大观园记

杨树军　著

中国画报出版社·北京

图书在版编目 (CIP) 数据

大观园记 / 杨树军著 . -- 北京 : 中国画报出版社 ,
2025.1
ISBN 978-7-5146-2409-0

Ⅰ . ①大… Ⅱ . ①杨… Ⅲ . ①《红楼梦》评论—文集
Ⅳ . ① I207.411-53

中国国家版本馆 CIP 数据核字（2024）第 073545 号

大观园记

杨树军　著

出 版 人：方允仲
责任编辑：程新蕾
责任印制：焦　洋

出版发行：中国画报出版社
地　　址：中国北京市海淀区车公庄西路 33 号　邮编：100048
发 行 部：010-88417418　010-68414683（传真）
总编室兼传真：010-88417359　版权部：010-88417359

开　　本：16 开（710mm × 1000mm）
印　　张：11.5
字　　数：160 千字
版　　次：2025 年 1 月第 1 版　2025 年 1 月第 1 次印刷
印　　刷：三河市中晟雅豪印务有限公司
书　　号：ISBN 978-7-5146-2409-0
定　　价：59.80 元

一部书，一辈子（代序）

《红楼梦》致力于理解人与人之间的关系，探索人内心世界的边界，思考人的命运与现实之间的关系，诸如此类。但这件事用一部文学作品去完成的难度会很大，当作者试图采用中国人独有的审美趣味和方式的时候，其难度更是超乎想象。

《红楼梦》为什么这么红？每个中国人都有两套颜色辨识系统：红色与过渡色。红色是我们的传统，过渡色或者渐变色听起来很现代，它其实也属于我们的色彩辨识传统。

红色作为人类最早掌握制造方法的色彩，它的地位曾高踞一切色彩之首。今天，红色受欢迎程度在调查结果中虽然落后于蓝色和绿色，但红色的符号意义始终是最强的。

红色首先是属于血液的，在白山黑水之间，红代表的是清冷大地对温暖、热烈的期待。周杰伦在《青花瓷》中对中国传统色彩有过一次印象式的梳理：天青色等烟雨，而我在等你……就像一个中国读书人终于遇见了这部“红”色作品。

可以这样说，每个中国读书人，最终都会走向《红楼梦》。两三百年前，在一个遥远的地方，有一个美丽的园子，里面住着一群天使般的女儿，她们过着无忧无虑的生活……后来似乎连上天都在嫉妒她们了，一阵山呼海啸之后，园子不见了，那些人也都面目全非了……

这样的故事很容易变成一部童话——但《红楼梦》的意义却在于，它第一次在我们面前呈现了一个真人版的童话。这些女儿们亦真亦幻，却又真实可触，我们为她们哭泣、为她们欢笑……借助于有史以来最出色的文字，我们走进她们，成为她们。

中国人的色彩时空中永远都会为《红楼梦》留出最突出的一块。有些地方我们永远都不可能去到，但不代表那些地方不存在，也不代表别人没去过。这就是《红楼梦》的意义吧！

“批阅十载、增删五次”听起来好像花了很长时间，但对《红楼梦》来说够吗？就像我们把上百万个零件往地上一扔，将它组合成了一架波音飞机……十年时间显然是太短了。

读一百本书，与把一本书读一百遍哪个更有意义？就像一个人运气不错一生爱过许多人，另一个人运气可能更好，他一生只爱过一个人……到死时，爱你如初，这世上就我一个！

《红楼梦》肯定是当得起一百遍的。事实上，真读进去了，一本书就够了！人世间的所有阴晴圆缺、悲欢离合都可以融汇在一本书里，那里有人生百态，它也是百科全书……如果你选择走马观花、浮皮潦草，一百本书都无法让你体味人生的真相。

我们甚至相信，每一个热爱文学的人都会走向《红楼梦》，因为她总是让你会心一笑，让你沉浸其中，让你其乐无穷。每当月亮高高升起的时刻，我们捧读红书，夤夜念之思之，有时候突然会发现某个奇妙之处，就像又突然洞悉了一个大自然的秘密，它让人欣喜——乃至惊恐，因为你永远都不知道这样的秘密还有多少。

此外，《红楼梦》既不能换来衣食，也不能人前显贵，但用它“养”心倒是一个不错的选择。

中医说，心定可医三千疾。我们的五脏六腑中，心为君，心定则诸官皆安。养心一定就是专注一件可以持续很久的事情（让心不要散乱），其次这是一件你真正喜欢的事情（不是狂喜，那已经是对心的伤害了）……写字、画画、抄经当然都是可以的。

有人用来减压的方式就是做数学题，因为数学的严谨之美，可以帮助他驱逐大脑的杂念。而我们沉浸在《红楼梦》的时候，也是在驱逐大脑中的杂念。那就像是一种极深度的睡眠，其功用在西医看来就是在维护我们的免疫系统。

我已经连续十年几乎只读《红楼梦》这一本书了。早已没有新的情节，也不会有什么惊喜，但随时随地可以沉浸其中……原来这就是养心啊！

目　录

宝玉安好，便是晴天

多情的宝玉对姐妹们全部的爱加起来都未必有老祖宗贾母给他一个人的多。

清虚观打醮那次，张道士为宝玉提亲，一棵野草同时种在了宝黛二人的心里，并因此惹下祸端。宝玉、黛玉那次山崩地裂地闹了一回。别人还罢，老祖宗怨天怨地，直说是自己这个老冤家遇见了两个小冤家，乃至愁得哭天喊地……不为别的，她只怕宝玉心里委屈。

宝玉大观园试才题对额，真正悬心的还是贾母。好在宝玉得了极大的彩头，最欢喜的也是贾母。事情已经过去了，贾母依然没有真正放心。一下子没看见宝玉，贾母便一叠声地找宝玉，听说是在林姑娘房里，贾母连声说好。没有谁比贾母更懂得宝玉的心思——在父亲面前他是一只猫跟前的老鼠，但是跟黛玉腻在一起就是在天堂了。就算已经在天堂了，贾母也没有完全放心。她一再交代，不许拌嘴，不许冲撞了宝玉。

贾母对宝玉的疼爱可谓入心入骨——直让我们觉得，宝玉对那些女孩们的细心都是从老祖宗这里移植过去的。

更重要的是，对老祖宗而言，似乎只要宝玉安好，世界便太平了。

贾母是贾府这座金字塔的塔尖，虽说是一言九鼎，有时候也难免显得孤清。几百口人的地方，每天大小事情也有几十件，是非对错常常就是一堆乱麻。贾母体现自己"权威"的方式就是对这一堆乱麻视而不见，有时她也会从中抽一根鲜艳的"红头绳"。

凤姐过生日自然是大事。贾母带头"凑份子"的创意生日大派对更是给足了凤姐面子，也因此坐实了凤姐贾府一人之下万人之上的地位。

但是就像秦氏规劝凤姐的那样——凡事都该收着些，太满了，就要溢出来了！正当凤姐站在聚光灯下，尽情展示她的华丽翎羽时，却不小心露出了丑——贾琏不仅没去给凤姐过生日，还背着凤姐跟鲍二的媳妇偷情。

凤姐撒泼在一定程度上是因为自己的家丑暴露在了众人面前，更难堪的是贾琏还在事发后挥舞着剑要杀凤姐。凤姐天大的委屈只能去找老祖宗主持公道。贾母竟然轻描淡写地说，年轻人馋嘴很正常嘛，赔个不是就行了；凤丫头那里吃完酒，这里又吃醋，也有不是。贾琏当众道歉之后，贾母认真发话说：有一个再提此事，就拿拐棍子打他一顿。

很明显，这件事应该由贾琏负全责，但是贾母的处理公道吗?

贾琏偷情事件中最大的受害者却是平儿。贾琏跟鲍二媳妇讨论等凤姐死了扶正平儿的话原是闺中情话——这样的话通常不经大脑，也没有人需要对这样的“承诺”负责——怒火攻心的凤姐也没经大脑转身就先把平儿打了一顿。事后连贾母也不分青红皂白骂平儿暗地里竟这么坏，别人解释说是他们两口子都拿平儿煞性子，平儿已经委屈死了。贾母的态度立即就转了——我说那孩子倒不像那狐媚魇道的。我知道她受了委屈，叫凤姐明儿赔个不是；今日是她主子的好日子，叫她不许胡闹!

贾母对秦可卿的态度转得也很快。贾母对可卿的怜惜人尽皆知，一直当她是重孙子媳妇中“第一得意之人”。得知她病了也是百般关爱，但是从凤姐那里确认这个极妥当的人“不好”时，她立即就把这件事放下了。秦氏病死了，宝玉急着要去哭一场，贾母的态度却是——刚咽气的人不干净，不去也罢。

贾母第一次见尤二姐时，把她手脚皮肉瞧了个透，立即就喜欢得不行。等凤姐将她转入大观园后，赶上贾赦把秋桐赏给贾琏。按秋桐的身份本没有什么说话的机会，但只凭她在贾母面前进一次谗言，贾母就认定是尤二姐自己的问题：因为人长得太娇俏，嫉妒心强——可见是个贱骨头！二姐死了，贾母似乎也完全相信是因痨病死的。从十分喜欢到视若草芥，贾母对二姐态度之逆转竟不需要任何过渡！

张华是尤二姐案中的另一个受害者，丢了“媳妇”，还几乎搭上性命。仅凭王熙凤里外拨弄，到了贾母那里，张华事件被定性为“刁民难缠”，任凭凤姐处理。

在老祖宗心中，除了她的宝玉，万事都可放下。

老祖宗放下了，凤姐得拿起来。表面上贾府的事儿是凤姐说了算，只有例外的情况才要回过贾琏。比如宝钗十五岁生日，不大不小，不像自己家人有则例，又是将笄之年，凤姐有点作难，便问贾琏讨主意。签字权还是在贾琏手上。

贾琏的后台是贾政，但贾府所有人都清楚，贾母才是这里真正的“大佬”。

作为贾府的大家长，贾母“和稀泥”式处理问题的方式，不免让人觉得她多少有点糊涂。平日里人不怎么管，事也不怎么理。晴雯、尤二姐之死一句话就打发了。这就是成事不说，遂事不谏，既往不咎吗？

晴雯曾经是老祖宗跟前的伶俐丫头。王夫人回明贾母赶走晴雯时，其实晴雯已经死了。宝玉、黛玉地位特殊，贾母把紫鹃给了黛玉，把自己亲手调教的两个丫头袭人和晴雯给了宝玉。老祖宗这里自然有将自己的心肝相托付的意思，一个本分细心，一个聪明美丽，算是完美的侍妾配搭。如今晴雯让王夫人撵了，贾母也只是一句：晴雯那丫头甚好，谁知变了。

但有些事情，贾母是很当真的。那次发现上夜人设局聚赌，老祖宗少有地震怒，将涉事的二十几个妈妈一律查办，黛玉、宝钗、探春一起讨情，贾母也毫不通融，只是一句你们别管——因为它事关安全，属于贾府的底线。

刘姥姥雪地抽柴“引发”火灾，那次贾母的过度反应，虽然有其女性化的一面，但也从侧面证明安全这根弦在老祖宗心里一直都绷得很紧。

对老祖宗来说，不能放下的事情确实不多。但一些在别人看来无关紧要的事情，在老祖宗那里却成了头等大事。

贾琏要杀凤姐在老祖宗看来完全可以一笑了之。那一年过中秋，正赶上江南甄家被查抄，可算是天大的事了，贾府上下都有些焦虑，但在老祖宗看来赏月才是正经大事。

事实上，贾母也没让那些烦心事影响自己的心情。是夜，月色如烟，贾母先说如此好月，笛声是不能缺的——且把别的声音停了，只要笛声借着水面远远地吹起来。果真那笛声吹得天空地静。贾母又提要求，拣那些曲谱慢的吹才好；再进而命人拿些月饼热酒，让吹笛人吃好了再细细地吹来。那清幽如兰的笛声竟把妙玉都引了出来……遂有黛玉、湘云凹晶馆联诗，并成为大观园最雅致的一幕。

刘姥姥第一次进荣国府，凤姐拿不准如何接待，请示王夫人定的调。结果弄成了一次严肃的政治任务，刘姥姥基本上就是个被人俯视的小丑。第二次老祖宗亲自出面，便成就了一次娱乐事件，刘姥姥也蜕变成了一个名利双收的“娱乐明星”。

糊窗户用什么纱，房间怎么布置，笛声怎样才好听……大观园虽不是什么艺术圣地，但在贾母的引领下，那些清净女儿的趣味无疑是越来越雅致了。雅致一直都是老祖宗的理想——他们既不同于其他小户人家，也有别于外面那些粗俗豪门。

这样的趣味，邢夫人、王夫人不懂，宝钗、黛玉也未必真有兴趣。我最会收拾屋子的——这是老祖宗批判宝钗房子素净过头时说的。这句话唯有出自老祖宗之口，才更让我们理解品位的真正含义。

事实上，老祖宗一直都清楚对于领导一个大家族来说，什么才是最重要的。

那一次，贾母吃过饭后，剩下尤氏一人大排桌不习惯。贾母便命鸳鸯、琥珀坐上来陪吃，又指着银蝶说：这孩子也好，过来同你主子一起吃。贾母自己背着手在地下行食，在她看来，多多人吃饭，才是最有趣的！按规矩，这些人都是没有资格在台上跟主人一起吃饭的。但贾母说可以——等你们离了我，再立规矩去！

贾府因此就没有“规矩”了吗？所有人都知道，老祖宗那里“规矩”恰恰是最重要的。凤姐深得贾母欢心，在很大程度上是因为她的进退有据，把握得准在什么场合说什么话，她从来都“不是那不知高低的孩子”。

伺候过上辈的老仆比年轻的主子还有体面。由贾母一力倡导的“自祖宗以来，宽厚以待下人”的家风在很大程度上成就了荣宁二府的百年辉煌。

还是清虚观打醮那次，一个剪灯花的小道士意外得到了老祖宗格外关照——它的影响力已经超越了事件的表面。鸳鸯自然是贾母最信任的人，我们从她抗拒“做妾”命运时的决绝里多少能看出老祖宗的影子。最重要的是作为离贾母最近的人，贾府上下都要让她几分，但是她从不依势欺人，倒是常常替人说好话。

在贾府，老祖宗就是神一样的存在。但是关于这位“神”我们知道的并不全面，比如她年轻时的模样及性格。

老祖宗娘家的史湘云就是年轻时的老祖宗吧？作为老祖宗的“替身”，史湘云热情奔放、活力四射，她“爱哥哥”的口音一直在被林黛玉嘲笑着，这让我们更加坚信他日陪伴在“贾宝玉”身边的就是这个老祖宗的替身。

是否可以说，真正在影响并领导贾府的就是老祖宗这个人——不是她的“手段”，而是她的品位。

通行本中，老祖宗最后搬出了整箱整箱的银子，就像一个良心发现的守财奴……这可能只是一个地主家孩子（高鹗）的心理预期。如果老祖宗最终只是留下这点东西的话，她还真的配不上“老祖宗”这三个字。

领导一个大家族如果也需要一个“抓手”的话，贾母的抓手好像就是宝玉——她通过对宝玉的疼爱传递了她的大部分价值观。同时我们似乎也可以相信，若干年前的某一世，老祖宗就是那个伤害过宝玉的人，她今天的所有牵挂与疼爱都是在偿还曾经的伤害。

但是当世界不太平时，宝玉的“安好”同样无处盛放——贾宝玉最终辜负了老祖宗的疼爱，他决定放下一切走向那片白茫茫的大地。假如宝玉真的不安好了，世界将会怎样？你相信老祖宗从来没有想过这样的问题吗？

我们还深信，即便宝玉“不好”了，老祖宗也能够“放下”——如何选择取决于我们对世界的理解。

但是贾府最终还是一败涂地了。但这甚至不值得我们去感慨，去反思。世界上没有快乐可以持续，能够延续并被记忆的永远都是悲伤。

大老爷爱上了小鸳鸯

焦大不会爱上林妹妹，大老爷却看上了小鸳鸯。

鲁迅在他的《硬译与文学的阶级性》一文中说：“贾府上的焦大，也不爱林妹妹的。”鲁迅那篇文章谈的是翻译问题，翻译是语言的转换，但有些东西是很难“转换”的。比如，宁国府喝过马尿的忠勇老仆焦大会如何理解林妹妹的惜花葬花行为呢？同为奴仆的丫鬟鸳鸯与世袭一等将军贾赦之间的距离，是一次色迷心窍后的冲动可以消弭的吗？

“大观园”里不能说的事情很多。更多的时候，胳膊折了，最好的办法就是把它藏到袖子里。但这一次，大老爷贾赦决定将自己的某种龌龊心理公诸于众。

老祖宗想不通的事情至少有两件。第一件是宝玉为什么爱在丫头堆里混，第二件就是大老爷为什么会爱上小鸳鸯。

贾赦强娶鸳鸯就发生在贾琏与鲍二媳妇偷情之后。贾琏偷情被凤姐撞破，贾琏借着酒劲要挥刀杀人。那一次老祖宗并没有真生气，她在相当程度上是能够“理解”贾琏的——小孩子嘴馋也是正常的，世人都是这么过来的。

贾赦事件的性质却不一样。老祖宗想到的是另一个更严重的问题，她向身边人说出了自己心中一个疑问：从她做重孙子媳妇到自己有了重孙子媳妇，前后五十四年，这样的事情还是第一次碰见。

老祖宗这句话说得很重。接连发生在他们父子身上的桃色新闻有什么更深刻的含义吗？儿子贾琏嘴馋属于小孩子不懂事，做事不经大脑；父亲贾赦公开讨要鸳鸯则属于向某个底线发起了冲击。老祖宗担心的是接下来会发生什么。

弄走鸳鸯，摆弄老祖宗——老祖宗真是这样想的吗？她感到自己某些东西受到威胁了吗？老祖宗的愤怒并不在于她真的认为有人要夺权（她的江湖地位不可能建立在一个丫头身上），就像打牌时旁边那些人串通好“骗”她钱一样。老祖宗未必全在鼓里，但说破了就不好玩了。

世风不古，老祖宗有什么不知道的。

贾赦这一次成功的概率有多大？胡子已经花白了，还做着大官怎么不以家国事业为重呢？凤姐第一反应就是这事不行。第一，老太太离不了鸳鸯；第二，大老爷也到了保养身体的年龄了；第三，老太太原本就不喜欢大老爷，还拿草棍儿去戳老虎的鼻子眼儿？但在贾赦和邢夫人看来，“胡子花白、做着大官”正是他们的资本——老祖宗怎么好驳回呢？

贾赦的底气还在于，从奴才到主人，这是一个丫头不可能拒绝的荣耀。事实上，连凤姐也不敢担保鸳鸯心里到底是怎么想的。

半个主子的诱惑力肯定是足够的。鸳鸯不从，也仅仅是个案。平儿、袭人似乎都没有做别的选择，乃至邢夫人、尤氏当年也不是正经夫人；尤二姐被贾琏诱惑，至少有一半原因就是她觉得自己将来有很大机会被贾琏扶正取代凤姐。

邢夫人也把话说得很明白：等鸳鸯进来了，直接开了脸做姨娘，再生个一子半女就跟她平齐了。

正是这样的局面颇让凤姐费了一番心思。她不能得罪自己的婆婆邢夫人，老祖宗她更得罪不起，事实上，身份特殊的鸳鸯姐姐那里凤姐也不得不小心应付。

凤姐没有想到的是，鸳鸯会以死相拼。是鸳鸯太另类？还是大老爷条件太差？

说起来贾母的人生也不能算是圆满。贾母唯一的女儿——黛玉的母亲贾敏，在黛玉五岁时就去世了，死的时候不过是二十多岁的年纪。两个儿子中贾母显然更疼小儿子，这在中国传统中也是常态……好在贾政在母亲面前恭顺有加，至少算个孝子。

最让贾母闹心的就是这个大儿子贾赦了——《红楼梦》中他算是一个脸谱化的“坏人”。

作为长子，由贾赦代表荣国府承袭祖宗的荣耀也是常例。但我们不知道那只是一种待遇和荣誉，还是有具体工作的。我们从贾母嘴里听到的就是——贾赦的日常“工作”是跟小妾们躲在房里喝酒。

可能还有他的业余爱好——“收藏”。贾赦竟为几把古扇坐卧不宁，最后在贾雨村的帮助下弄得扇子主人石呆子家破人亡，还因为这些扇子直接把贾琏打了一顿。

书里贾赦的“重头戏”是想增加一个小妾——鸳鸯。但这件事最终没有办成，因为鸳鸯以死相拼，更因为贾母少有的愤怒姿态。

大户人家三妻四妾在当时真不算什么，如果贾赦看中的是别人，贾母可能只是私下发发牢骚——这一次他真是欺负到老娘头上了。贾母最终的妥协方案是——有什么是钱解决不了的呢……

鸳鸯的“决绝”似乎是她深思熟虑之后的结果。拉去“配小子”这样的事情每隔一段时间就发生一场：府里的小子、丫头一大堆，年龄问题就是唯一要考虑的。女大不中留，让她们留下来既不人性，主子也不得安宁。但丫头们通过这种方式获得幸福人生的机会不是更迷茫吗？

邢夫人、尤氏肯定都是填房夫人，她们娘家也都是普通人家。她们原本没有机会跟贾府联姻……侍妾抓住机遇升级为夫人，这样的个人命运传奇故事一直都在上演，鸳鸯不可能没听过。

就算是太太现在死了，老爷八抬大轿迎娶她做太太，她也不去！这是鸳鸯私下向平儿、袭人两个闺密交的底。在贾母及众人面前，鸳鸯发誓说，连皇帝她也不嫁！

这只是一句情绪化的誓言吧？就算鸳鸯真会做这种选择，其“样本”之少也使得该问题没有讨论的价值。

如果没有机会递补做太太，做小妾的收益显然不大。

鸳鸯在咒骂自己的嫂子时也说得很清楚：很大机会就是跳火坑（比如赵姨娘或者周姨娘），也许会风光——那种风光更多只是旁人的。

紫鹃劝黛玉趁早请老太太帮她作定大事时，谈起过她印象中的婚姻现实。那些公子王孙，哪个不是三妻五妾的？今天朝东，明天朝西。就算是娶了个神仙回来，三夜五夕后还不是一样丢到了脑后？

在没有离婚制度的中国古代，纠正错误婚姻的主要方式就是做加法——通过增加侍妾的形式，稀释家庭因为婚姻而造成的紧张气氛。休妻属于十分激烈的做法，它对女人造成的伤害可能更大。

鸳鸯权衡之后的选择就是一辈子不嫁男人，乐得干净！贾赦肯定不是什么好人，面对鸳鸯他的吃相又太难看。这是鸳鸯宁死不从的原因吗？

袭人被王夫人选作姨娘似乎算是一个很好的结果了，那是因为宝玉几乎就是大观园里唯一的“好”男人——而且袭人最后的归宿是做蒋玉菡的正妻。除此之外，那些姨娘的日子似乎都过得很惨。二两银子对那些丫头并没有什么吸引力。但做妾即是选择了做奴才，赵姨娘是要替王夫人掀门帘的，即便她为贾政生了贾环和探春。

作为丫头，配个小子最好的结果就是将自己父母的生活重复一遍，那显然也不是鸳鸯的理想。

而作为老祖宗最信任的人，鸳鸯虽然是个奴才，但在贾府也没有人敢小看她。这位凤姐嘴里的“姐姐”当然也很看重自己的身份，她从不倚仗自己的特殊身份仗势欺人，倒是常常帮别人说好话。

我们更愿意相信，鸳鸯确是一个有主见的女孩子。她当然不甘心做一个奴才，但如果命运原本就是如此生硬的话，她宁愿选择跟它死磕到底。

五千两银子将迎春卖给孙绍祖算是对贾母的报复吧？当初正是因为贾母喜欢女孩，才把迎春等姐妹一起留在自己身边的。

鸳鸯事件让贾赦的糜烂人生经受了一次打击吗？影响不大。八百两买来的那个名叫嫣红的十七岁女孩子即可以证明一切。

八百两已经属于巨款，相比贾赦以五千两的价钱亲自卖了迎春——他的亲生女儿，这个价码也算“公道”。但“一万八千”与“八百”之间的差值就是他们母子之间的差距。

嫣红——光听名字就知道是个美人，但她在《红楼梦》中几乎只留下了一个名字，完整讲述她的人生故事可能都不需要五分钟。我们不知道还有多少这样的女孩子被贾赦“收藏”，并一天天腐烂在他的房里。——秋桐也是贾赦身边的丫头，后来被赏给了贾琏，她也是尤二姐的直接加害者。我们从她对二姐的行为态度来看，贾赦很可能也不是她的对手，这可能就是她被赏给贾琏的原因——问题是贾琏连王熙凤也搞不定！

“一万八千”跟“八百”两银子之间的差价大概也是鸳鸯跟嫣红之间的差距吧？

到了第七十回嫣红再次出场——“一个大蝴蝶风筝挂在竹梢上了。”宝玉笑道：“我认得这风筝。这是大老爷那院里嫣红姑娘放的，拿下来给她送过去罢。”

蝴蝶翩翩，寻寻觅觅，独自挂在竹梢上，我们似乎在那上面看见了一个明目皓齿的活泼少女。

真正让老祖宗想不通的，可能就是自己最贴心的婢女，贾赦为什么就敢打主意呢？

我们真的该相信这是贾赦蓄谋已久的结果吗？老祖宗离不了鸳鸯，贾赦、邢夫人应该是知道的。至少有一种可能，通过将鸳鸯收在房里的方式，改变自己在老祖宗面前的地位。也有一种可能，就是平儿和袭人的判断——大老爷贾赦太好色了。

但不管怎样，在邢夫人看来，这不过是一件小事。真是一件平常事吗？邢夫人不甘自己受冷落，及不满琏二爷、凤奶奶的风光肯定是真的。她想借机讨好贾赦也是真的。

做大老爷的小妾跟做宝玉的小妾有多大区别？贾赦曾认为区别很大，他甚至以此来打击鸳鸯的痴心妄想。

贾府赫赫扬扬，已历百年。贾宝玉的“爱红”以及意淫天下女儿的理想，正是他作为贾府最年轻主人对族群人口数量持续衰减的某种忧虑。贾政的“养士”跟贾赦的囤积女人又有什么区别？我们知道贾政在书房里豢养了一群清客相公，算是对中国养士传统的某种继承。以“帮闲”为天职的这群“读书人”，在春秋战国群雄争霸时期，以鸡鸣狗盗的方式为主人出谋划策。和平时期，他们的主要任务就是插科打诨，说几句奉承话，然后赚取一些散碎银两。

热衷于收藏的大老爷贾赦或许只是害怕自己变老吧。不管是古扇子，还是年轻女子，他只是以这种不断求取的方式与一去不复返的岁月对抗。那个贪得无厌的大老爷，就像是我们面前一只埋头拱粪的猪，他一生都不知道头顶还有蓝天。

贾赦的故事只是告诉我们，当有人开始为了自己的私欲冲击底线时，它意味着某个东西已经开始全面溃败。这才是真正让老祖宗忧心忡忡的东西。

五十四年前已经是贾府的顶峰了，从那时开始，他们一直都在走下坡路。老祖宗只是这个过程的完整见证人。

贾赦肯定不是那个百年老店破产的开启者，他只是大厦将倾时蹿上大街的一只老鼠。

该来的一定会来，等你发现虫鼠开始逃窜时，其实一切已经来不及了。

德艺双馨的刘姥姥

“……巧姐与板儿从此过上了幸福生活。”

刘姥姥第三次来到贾府时，贾家已经是另一番景象了。王熙凤的心尖巧姐被她的狼舅奸兄卖到了烟花柳巷，刘姥姥卖房卖地倾尽家产，远赴瓜洲帮巧姐赎身。巧姐跟刘姥姥回到村里，并顺理成章地嫁给了刘姥姥的外孙板儿，然后开启了静美的乡间时光。

这样的可能性有多大呢？大家相信这就是最初的情节设定，我们也可以在前八十回找到一些蛛丝马迹。但是他们真的可以一同享受乡村生活吗？也许很多年以后，巧姐已经长成刘姥姥的年纪，某个无聊黄昏里，巧姐怀抱着自己的孙子，听见某位邻居说起城里的新奇事时，老迈的巧姐眼角微微露出了一丝不屑。

“白头宫女在，闲坐说玄宗。”我们不知道谁是白头巧姐的“玄宗”，但无论如何巧姐都不可能成为另一个刘姥姥。长成刘姥姥的年纪很容易，拥有她那样的见识也不难，真正困难的是她与生俱来的面对生活的方式，以及她最质朴的善良。

在通行本的后四十回里，刘姥姥只是暂时让巧姐在村里避祸。紧接着贾琏回家，贾家遇赦，巧姐再次回到温暖的贾府。美好的生活似乎又可以继续下去了。至少对巧姐来说，这可能是最好的结局。因为所有人心里都清楚，能够拯救巧姐的并不是刘姥姥。

金陵十二钗中，巧姐是最虚的一个。巧姐的幸福时光就像一个幻境——大观园最热闹的时候，她只是一个被抱在怀里的孩子，而且好像一直都在生病；等她长大了，好时光又没有了。

刘姥姥倾尽家财义救巧姐，一是感念当年凤姐的照顾——尽管凤姐的照顾里究竟有多少出自本心已经难以计较——刘姥姥的行为中大部分却是基于心底原本的善良。

在尤二姐一案中，为了把事情搞大，王熙凤让人唆使张华去告状。凤姐曾夸下海口说，便是告我们家谋反都不会有事……这才过了几年，她唯一的骨肉却要指靠那个乡下穷婆子！在某个版本的电视剧中，紧急关头时，王夫人和平儿突然双双跪倒在刘姥姥面前，请她老人家无论如何救救巧姐——《红楼梦》肯定不是靠赚人的眼泪取胜，但是这一幕的设计还是让人潸然泪下。

这也算是对“好了歌”的最好注解吧——是歌舞场，还是衰草枯杨？不到最后谁说了也不算。

刘姥姥自己的人生转机是从七十五岁开始的。她原是投奔在女儿女婿家的，因为家道艰难，决定到贾府去碰碰运气。就算得不着实际好处，见见世面也是好的。

刘姥姥初入荣国府，介绍人就是曾得过他们帮助的周瑞家的，但真正引起她兴趣的却是王熙凤。凤姐此时已是荣国府当家人的事实只是一个方面——刘姥姥听说就是凤哥，脱口道，从小我就觉着她不错呢！刘姥姥此时没有必要虚以委蛇，我们相信这可能真是她们之间的某种夙缘。

但毕竟是二十年前的事情了，当年的小姑娘早已修炼成精——周瑞家的是为了显示自己的办事能力，决定让刘姥姥见上真佛。但是真佛现身之后场面却有些失控：王熙凤的排场气度完全征服了这位老寡妇。在刘姥姥这一边，占据上风的不是惧怕，而是对那个贾府最厉害角色的由衷怜爱！

然而毕竟是首次亮相，拘谨、粗鄙在所难免……刘姥姥需要的是下一次机会。她在克服早期的生涩之后，必定能完全把控局面，行云流水，剑指小金人！

刘姥姥初次出场基本上算是演砸了，二十两的出场费几乎就是她“演艺生涯”中的污点。在风流倜傥的贾蓉面前，刘姥姥甚至忘情地提及了自己的女婿——你侄儿。另外，刘姥姥关于汗毛与腰谁更粗的论述更是令人侧目。

二次登场的刘姥姥却是有备而来——那满地的枣子、倭瓜和野菜。

刘姥姥很快就意识到周瑞家的信息有误，原来老祖宗才是真正的“佛”，凤姐最多就是一个护法。

山长水远地扛了那些沉东西，是给足了凤姐面子；老祖宗想的是跟一个积古的老人家说说话。

刘姥姥第一次登场的主要失误表现在不会说话——周瑞家的当时已经指正了——实际上，《红楼梦》中真正的语言大师就是这位乡下姥姥了。该说的她都说了，而且用的是最本色的语言；不该说的，她一句都没说。

毫无疑问，刘姥姥就是今天贾府的女主角。

跟雍容华贵的荣国府相比，浮华奢靡的大观园似乎更适宜在一个乡下婆子的眼前展露一番。在曹雪芹留下的前八十回中，作者用了第三十九至第四十二回的极大篇幅写了刘姥姥“大闹”大观园。

大观园什么时候最风光？就是刘姥姥去的那天。其实大观园每天都风光，但这种风光是死的。只有借助刘姥姥的双眼时，大观园才彻底活了。什么时候大观园里的笑声最响亮？刘姥姥倾情展演那次。它是刘姥姥的人生高潮，也是大观园的高潮，甚至是整部《红楼梦》的高潮。

元妃省亲时算是惊鸿一瞥，即便是在这个王的女人眼中，大观园也算是奢靡了——那时的大观园只是被俯视的对象。接下来我们跟随宝玉及众姐妹们在园子里游戏人生，实际上我们的目光很快就从园子转移到那些人身上了。因为说到底那样一群人生活在那样一个神仙般的地方，本就是最自然的事情。

刘姥姥的视角却是绝对的仰视，借助于这样的视角，我们第一次获得了大观园的全息图像，它拥有更多、更丰富的细节。

大观园自然是个妙处。是刘姥姥用最俗的语言，让这种妙处意外达到了最佳的效果。老祖宗仿佛是天上的神仙，她有时候就是需要生活在地上的众生亲口告诉她，他们的神仙日子是如何令人惊叹。

那天刘姥姥就是老祖宗最喜爱的人。

一群如花少女在秋爽斋偶结海棠社简直是雅到天上了，它无疑是大观园的盛事。探春发起，众人响应。第一期咏完海棠，大家才发现竟然把史湘云忘了。湘云在诗社中才情不算最高，但热情堪称第一。第二期便是她邀的，咏的是菊花。虽然螃蟹与酒都是宝钗赞助的，但按规矩众人少不得要还史湘云的席。又有贾母的热情掺和，咏诗大会终于变得雅俗可赏了——刘姥姥二次来到大观园，刚好赶上这次“还席”。

大观园里的主要工作就是吃饭——先是贾母、王夫人带领宝玉及众姐妹吃。丫鬟婆子们外，作为年轻媳妇的凤姐、李纨依照规矩也是要先侍候“主子”们用餐的，完了二妯娌才面对面坐下来吃饭。

这样的场景在大家庭里算是平常的了，对刘姥姥来说却是“大事”——她对这种“礼出大家”的现实版提出了由衷的赞叹。大家族里什么最重要？礼数。贾府最不缺的就是排场。

其实作为一家之主的贾母内心深处偏偏最看重的就是这点，说是她的治家理念也算恰当。江南甄家几个婆子论起甄宝玉、贾宝玉好坏时，贾母曾郑重表达了自己的观点：模样长得好还在次要，不懂礼数一样该被打死。

刘姥姥未必知道贾母的管理之道，但这恰恰符合她自己的价值判断。荣华富贵固然是人人想的，它之外的那些东西，诸如忠孝仁义、人情世故看起来可有可无，实际上它才是一个人的立身之本——这也是刘姥姥七十余年人生历练的最大收获。

贾琏、贾珍在放浪不羁的尤三姐面前并不清楚谁才是被淫的对象，刘姥姥自始至终一直都知道娱乐的规矩与意义。

王熙凤心中只有老祖宗，让老祖宗高兴就是天大的事。为了保证效果，凤姐一上来就给姥姥插了满头的花。场面的确比较恶俗，连众人都叫姥姥把花摔凤姐脸上。刘姥姥当然没有这个胆量，这是一；其次，这也不是“聊天”的正确模式。善解人意的刘姥姥却说自己年轻时也爱风流，今天自己这头不知修了什么福呢。

一味地奉承、赞美都未必得人心的，会聊天的人带给人的就是春风。刘姥姥比谁都清楚，此时大家的目标就是把老太太哄开心了。但哄人开心绝对是个技术活，在这方面，刘姥姥肯定是个天才。

对比刘姥姥的十二分得体，妙玉几乎就是来砸场子的。

妙玉拿自己日常用的绿玉斗斟茶给宝玉，宝玉误作了俗器。妙玉说，不是我说狂话，只怕你家里也未必找得出这么一个俗器呢。——没有刚性的宝玉，反正连毛丫头的气都受的，哪天没有几句硬话是过不去的；黛玉却是何等的清高，紧接着也被妙玉斥为俗人，竟然雪水、雨水也分不清。——将她的不合时宜进行到底。

最难的却是，身处仙境的乡下姥姥一直都清楚自己在做什么——除了喝醉之后误闯宝玉的帷帐。但这个场景在前面已经埋下了伏笔。刘姥姥雪地里抽柴的故事表面上是弄巧成拙了，柴火还没抽出来，倒招来一场大火，还把老祖宗吓着了。

但这个故事却将宝玉牵了进来。包括后来黛玉“雪中抽柴”的打趣，使得宝玉、刘姥姥这两个距离最遥远的人离奇地牵扯在了一起。

正如我们会猜测刘姥姥日后会用妙玉“赏赐”的那只成窑的茶盅拯救巧姐一样，刘姥姥跟宝玉在故事的结尾还该有些什么瓜葛才符合曹氏的叙事风格，同时完成刘姥姥最彻底的善。

怜贫惜老、善待下人一直都是贾家的传统，对普通人而言，知恩图报同样是最大的善。

这一回，刘姥姥的“善”表面上只是她巧妙地将每件事、每句话都接住了——你跟她说的每句话都是最合适的。刘姥姥以自己的通情达理成就了每个人的善。

刘姥姥去了三次贾府。第一次她只是一枚草芥，凤姐正眼都不想看她。刘姥姥那次的收获主要是二十两银子。二十两银子是什么概念？仿佛就是为了解决这个问题，刘姥姥第二次进大观园时，面对那七八十斤螃蟹跟他们算了一笔账——值二十几两银子呢！一个庄户人家一年的开销。刘姥姥第二次的直接收获是一百零八两银子，王夫人叫她去买几亩田，认真把日子过起来。

这些能值姥姥的善吗？那点东西对贾府来说只是一根毫毛，对刘姥姥来说借此建立起来的连接才是重点。乡下婆子跟贵族大家之间，在别人可能只是一点贪心与虚荣，刘姥姥却把它当成了生死大事。

“一日游”对刘姥姥来说是个不错的体验，对大观园来说也是。无论老祖宗有多慈悲，当刘姥姥常住下来时，她就是一个粗鄙的乡下人！她原本的见识、口才、善良都没有意义。

但善良对刘姥姥永远都有意义，她更大的善在于她不觉得那是一种什么美德，其实这就是慈悲的原意。尽管她为此已经付出了超越她能力的成本——是慈悲让她成了贾家的救世主。

为了救巧姐，当王夫人在刘姥姥面前跪下来时，我们不禁想到，当年金钏、晴雯跪在王夫人面前时，她会想到有今天吗？如果姥姥知道这一点，她依然会去承担她救世主的责任吗？事实上，那依然属于“成本”的范畴——真正的慈悲从来就没有给“成本”留下空间。就像春秋战国时期无数的侠士一样，为了一句话、一个承诺，他们会慷慨赴死。

成本与收益只是商人的事情。慈悲的本义与财富无关……你无须更有钱，但可以更慷慨。

风月宝鉴，一块妖镜

那年冬天，袭人回家看望病重的母亲，晴雯因与麝月半夜玩闹而受了凉。为了不惊动别人，宝玉就悄悄找了一个大夫从后门进来为晴雯瞧病。

这大夫诊脉、开方子都还顺利，只是回家之后，越想越得意，便忍不住向街坊邻居描述今天进贾府为一位小姐瞧病的辉煌经历——那位小姐的闺房是如何的惊人、小姐那两根三寸长通红的指甲又是如何摄人心魄……

我们当然知道这样的场景并没有发生。这位大夫在小厮们的班房里写方子的时候，已经被“打击”过了。领他进来的那位老嬷嬷嘲弄道：“你新来的吧，什么小姐？小姐的绣房你能进得去？刚才只是我们小哥的一个丫头罢了！”

我们不知道这位新来大夫的小自信有没有瞬间被击碎，但我们相信那位老嬷嬷一定会把今天这位大夫的自我“膨胀”，当作一件新闻讲给别的老嬷嬷听。

芳官的干娘也“膨胀”过一回。那一次，宝玉有一碗烫嘴的火腿鲜笋汤叫芳官吹吹凉，芳官的干娘便冲进来要亲自吹，说是怕芳官不老成，打了碗。晴雯的话通常都很难听——打了碗算什么？你吹过的汤给猪吃啊？

几个受连累挨了骂的小丫头顺便给这个干娘上了一堂课：这个世界分上中下三个部分，我们是在下面的，您老却还在我们下面呢！——我们到的地方，有一半您去得，还有一半您去不得呢！您刚才却去了一个连我们都去不到的地方！外边的婆子趁机也取笑了她一回：嫂子也不拿镜子照照自己！

小丫头们伶牙俐齿，婆子们隔岸观火，大家看热闹不嫌事大固然可恶，但让芳官干娘自取其辱的却是她从头到尾没找到自己的位置。

换一种情况，小丫头们、老婆子乃至我们每一个人都有可能因为某种原因突然膨胀，而忘了自己是谁。

贾琏偷娶尤二姐，王熙凤决定把事情闹大。她先把二姐控制住，然后叫人带话给二姐的未婚夫张华去督察院告发贾琏。张华当然不敢造次，王熙凤知道后就骂他烂泥扶不上墙："便告我们家谋反也没事的！"

可是，这样的话能说出口吗？

秦可卿大殡后，水月庵的老尼姑求凤姐帮忙出面处理张财主退亲的事，声称不等钱使的凤姐起初并没有兴趣，但是架不住那老尼几句奉承话，凤姐便改了主意——你是素日知道我的，从来不信什么是阴司地狱报应的，凭是什么事，我说要行就行。你叫他拿三千两银子来，我就替他出这口气。

皇帝都知道给自己少建半间房，凤姐却是神鬼不惧，我们只能说这个人这一回是真的疯了……

老祖宗一直就担心凤姐心气太盛了："我又怕他太伶俐也不是好事。"王熙凤的"道理"是老祖宗更伶俐十倍，不也福寿齐全？连神鬼都不信的凤姐，真的相信老祖宗的福寿是因为更伶俐吗？

王熙凤天生就是个美人，加上聪明能干，从小就顺风顺水。这些年当家理财，又深得老祖宗信任，难免就认了真。

凤姐过生日由老祖宗亲自策划并主持大局。从老祖宗起，几乎是全员上阵，出钱出力。对凤姐而言这是她在老祖宗心里位置的体现，自然是她天大的荣耀。而在负责操办的尤氏看来凤姐这是行了大运，便也想借机卖个乖、撒个娇，讨好一下凤姐。但凤姐并不认账，她对尤氏说：嫌辛苦去跟老祖宗说。尤氏便趁势敲打了凤姐一下：你瞧她兴的这样儿！我劝你收着些儿好。太满了，就要泼出来的。

秦可卿临终前也曾认真劝导过王熙凤——烈火烹油、鲜花着锦之盛，也不过是瞬息的繁华、一时的欢乐。

身边的平儿肯定是真心实意为凤姐好。她一直在开导凤姐：差不多就行了，仔细保养身体才是正事。好不容易怀了个哥儿，六七个月还掉了。纵在这屋里操上一百分的心，你终究是那边的人……

这些苦口良言凤姐听进去了吗？她肯定也有警醒的瞬间，但是在凤姐眼里，荣华富贵是如此真切，杀伐决断又是这样令人心醉神迷。她过分相信自己，行事张扬，心狠手辣，最终还是“泼出来”了——只得一张破席卷身。

中等人家——这是老祖宗的自我定位。大部分时候，我们相信老祖宗是清醒的。贾府的各种隐忧她不可能不知道，对繁华不能永远倚恃的大道理也不可能没有认识。我们甚至相信，在老祖宗心中，一切该来的总会来，这跟你做不做应对都没有太大关系。

秦可卿死前曾对贾府的未来进行过一次十分悲观的预言——她认定目前能做的只是为将来收拾残局做好准备。

元妃省亲肯定是贾府的最高潮，但元春深知这样张扬的富贵已经太过了。因此，我们看见的是，置身权力最顶峰的元春从走进大观园的那一刻，一直到最后离开都对眼前的热闹忧心忡忡。

大观园里有谦卑者吗？宝玉生日，妙玉自称“槛外人”为他祝辰，宝玉不知如何回复，找人请教时在妙玉家门口巧遇邢岫烟，让宝玉大感意外。妙玉为人孤僻，不合时宜，万人不入她眼……可见岫烟也不是俗人。岫烟却轻描淡写地说：妙玉也未必真正看得上她，只是大家贫贱之交，又有半师之分，因此尚可交流。正是这样的清醒与矜持，使得邢岫烟就像是大观园里的一缕清风。

大老爷看上小鸳鸯是贾府的一件糗事。鸳鸯心中烦难便找平儿、袭人诉说，她二人拿鸳鸯取笑，就说已经许了琏二爷、宝玉了，看大老爷还怎么要！她们平日屏声敛气惯了，难得开个玩笑。鸳鸯那一次显得格外犀利：你们自以为有了结果，可以做姨娘了，只是世上的事未必都随心如意的。你们且收着些，别高兴太早了！

她们的清醒与节制也许不能阻止什么，但至少让她们自己的人生在某些时刻显得更从容些。

《红楼梦》志在为女性立传，全书群芳争艳，脂粉气十足，读起来琐碎细腻，倒也满口余香。但作者真正的志趣并不为此。曹雪芹从一开始就借那癞僧跛道为我们设置了进入大观园的“通行证”：一切都不是真的，至少你不能当真！

但书里的大部分人也是当真的。元妃省亲之后，正是贾府可以松口气的时候。贾珍便挑了孙行者、姜子牙这样的热闹戏文，在家里大肆庆祝。其时宁府上下群魔乱舞，锣鼓喧天……这样的情景正合了街上那些贩夫走卒的口味——如此热闹，家里一定富贵！只是对宝玉来说，他们热闹到如此不堪的田地，实在很难理解。

但在茗烟看来，那些广场舞一般的喧闹正是合心意的“好戏”。

然而，冬去春来，日升月落，花开花谢，万物生生死死，没有谁可以超越这样的轮回。冬天总会过去，黎明也一定会来临。白天过后不可能还是白天，不管秋千荡多高，它最后还是会回到起点。如果说风月宝鉴的一面是温柔与诱惑，另一面就一定是死亡与陷阱……但诱惑与陷阱都不能当真——事实上，那就是一面镜子。

你可以让自己身陷花柳繁华之地，你也可以站在半空，以神的视角关照大观园里的每一个人，以及那里的喜怒哀乐……就像我们此时此刻双手捧着《红楼梦》一样。

如果你让自己陷进去，那就是一个陷阱。

毫无疑问，大观园对每个人来说都是一种诱惑。

但《红楼梦》的意义就在于没有人会怀疑世界上真的曾经存在这样一个所在，也没有人怀疑那里的风流富贵。

《红楼梦》以大隐喻的方式呈现，是因为作者想要描述的东西太过复杂。佛道思想肯定是全书的一个核心。一块无缘补天的顽石，因为凡心已炽，决定下到红尘中去经历一番……身心俱疲之后，决定回到青埂峰下。这原本就是一个开悟的故事。

但开悟从来就不是一件容易的事。如果宝玉悟性足够，在警幻仙姑的引领下，翻阅过家中上中下三等女子终身册籍后，当可幡然醒悟。见宝玉情痴，警幻仙子又以仙茗美酒及缱绻美色促其醒悟——也仅仅是在让我们觉悟罢了。

贾宝玉、神瑛侍者、晶莹美玉，既是无用的顽石，也是晶莹的宝贝，他们就是世界的一体两面。

辣椒好吃，但吃多了会上火——真正健康的东西多是不好吃的。世界上也从来没有一种东西所有人都喜欢吃，否则它早已绝种了。这就是世界的基本逻辑。在那段木石奇缘里，金童玉女，恍若天界，因为它太美好，我们都知道不可能是真的。

分清真假，把控“我”与现实世界的关系就是我们此生最重要的使命。大观园、太虚幻境原本就是同一个地方。甄宝玉、贾宝玉，并没有两个宝玉。顽石终究还是会回到青埂峰下的，你看见的只是顽石看见的，所有的一切都只是幻影。

我们该如何“面对”这样的生活？作者将大观园里过往的记忆呈现出来，也许只是为了让你我“惊奇”一下，就像数万年前的古人留在山洞里的某个场景一样。

我们仅仅需要表达自己的“惊奇”，而无须求解其中的意义。

《红楼梦》中有缠绵，有淫邪，也有宫闱秘事，所有这些都以“梦”的方式呈现在了那面“风月宝鉴”上。

“风月宝鉴”是贾瑞手中那个妖境，也是那部书的名字。《西游记》肯定是佛书——一只无法无天的猴子最终修成了斗战胜佛，乃至书里那只贪婪的猪、愚痴的挑脚汉最后都成就了相应果位。《红楼梦》之初衷可能就是为了度脱世人……大观园里纸醉金迷、活色生香固然会让我们心醉神迷；但是合上书，你还是要过好自己的生活——大观园只是一面“风月宝鉴”罢了，照多了是会伤身体的。

每个生命都是一个堕落的天使，嚣嚣尘世就是一面风月宝鉴。向你招手的凤姐肯定是陷阱，但是，看清楚之后那也只是一具红粉骷髅而已。而当你穿越幻觉，遇见真相，甚至觉知骷髅也只是一个幻相，这面镜子才真的成了一个宝贝。

按照作者度脱世人的菩萨心肠，《红楼梦》的前半部有多热闹，后半部就该有多惨烈。贾府的结局必然是一败涂地，不可收拾，里面的每一个主子、奴才也都到了为自己埋单的时候。

世界的真相就是：天道有循环，苍天饶过谁？

书中惊人的事情确有不少。贾瑞最后抓在手里的稻草——那块镜子在救人性命的同时，一面是缠绵的凤姐，另一面是要命的骷髅……且能口吐人言，是妖镜无疑了。

然而，是妖镜害人吗？镜子原本无罪，真正伤害我们的却是自己的心魔啊。我们最不该忘记的是贾瑞手里那个妖镜最后留下的箴言：千万不可当真！

妙玉、黛玉与宝玉：爱情是灵魂契合的最高表达方式吗?

一

在某些方面，贾宝玉是百无一用，而对林黛玉来说，贾宝玉却是一个优秀的恋爱对象。热恋中的宝玉想把一切好东西送给女友黛玉——比如，皇上亲赐的一串念珠被北静王作为见面礼送给了宝玉，宝玉一转身便交到了黛玉手上。

谁知黛玉并不领情——什么臭男人拿过的。在黛玉眼里，皇帝、北静王都不是好男人，天下好男人就只有宝玉一个——而在妙玉眼里，黛玉、宝玉也是俗人而已。

就连一统江湖的老祖宗在妙玉眼里也未必真有那么尊崇。当老祖宗携刘姥姥来到栊翠庵时，吃茶问水——妙玉烹茶用的只是旧年蠲的雨水，更好的水需待更值得的人——比如宝黛钗。谁知黛玉也不识货，竟把妙玉五年前梅花上收集的雪水当作了旧年的雨水。妙玉的话里满是嫌弃："（旧年的雨水）如何吃得？"

就是这"如何吃得"的水，妙玉刚刚以老君眉的名义端到了贾母面前。贾母同样想不到的是，她刚才触碰过的所有东西都会被妙玉永久弃置不用——那只被刘姥姥使用过的成窑茶盅，在妙玉眼里已经有罪了。黛玉是一个不合群的人，或者说她的"群"里只有她和宝玉。妙玉显然走得更远。她没有"群"，因为她根本不需要社交——她在更早的时候已完成了内心某种秩序的建立。

但我们还是很难想象山门紧闭的栊翠庵里，妙玉是在用什么样的方式打发那数不尽的晨昏。虽然有青灯古佛相伴，但妙玉是一个虔诚的诵经者吗？

二

妙玉在书中露面不多，这当然符合一个槛内人的身份。

但她每次出场，脸上似乎都写着“懒得理你们”几个字，这将她的不合时宜展现得淋漓尽致。

宝钗在黛玉心里有多俗，黛玉在妙玉眼里就有多俗——更不要说俗而又俗的老祖宗了。便是别人眼里冰清玉洁的黛玉，如果连五年前的梅花雪水跟旧年的雨水都吃不出区别来，在妙玉眼里分明就是个没见识的乡下丫头！

宝玉也俗吗？我们总觉得这不是妙玉的心里话。分不清茶盏的清俗，固然让妙玉有几分瞧不起，事实上，在妙玉心里真正不俗的人根本就不存在。但不管怎么样，妙玉都把自己早前日常吃茶的绿玉斗给宝玉用了。

宝玉这口茶吃的特别有滋味吗？或者说妙玉也是贾宝玉疼惜的人吗？翩翩佳公子，皎皎世无双——贾宝玉是贾府的焦点，但对妙玉来说这没有任何意义。宝玉对其所属阶层的背叛，以及他天生的那一种痴病却恰恰契合了妙玉的口味。这两个“玉”虽不算心心相印，倒也是惺惺相惜。

这跟妙玉心里有没有恋着宝玉根本就是两码事。

已入空门的妙玉有一千个理由不合时宜，作为贾府的团宠，贾宝玉的不合时宜更显得难能可贵。栊翠庵前白雪中数枝胭脂般的红梅，就像是他们之间的某种信物，但它所表达的含义仅仅是一种与周围世界的格格不入。

这共同的格格不入让宝玉与妙玉成为了心灵契合的人。

三

花帚、花锄、花囊是林黛玉沟通天地的三件法器，作为巫师的林妹妹垄断了大观园里人与神交流的全部密码。宝玉似乎也知道天地之间有某种沟通渠道，但他获得的授权并不充分——比起调脂弄粉，此时的他显得笨手笨脚。

黛玉与宝玉沟通的工具就是她的眼泪，最后她自己也化成了一泓清水。泪水既是工具本身，也是她给世界最后的留言。林黛玉跟所有的人都不同，大观园中一群女儿站在一起，你第一眼看见的一定是林黛玉。

林黛玉代表的是人类的某种终极理想，她绝代风华，却又一肚子的不合时宜。但没有这样的“异类”，我们的世界也就缺失了一部分——最精致的那部分。

贾宝玉也是一个不合时宜的人。他从一开始就彻底背叛了自己的男性身份——他独自一人闯入女儿世界，徜徉其中，自有外人无法理解的旖旎风光。仕途经济这样的正经门路在贾宝玉那里反而成了歪门邪道。他当然无法被接纳，好在他不以为意，因为他所求无多。他心里真正想要的，说到底只是几滴女儿的眼泪罢了。

贾政对贾宝玉的期待就是全天下父亲对儿子的期待，乃至宝钗、湘云、袭人们也只是指望着宝玉成为一个对家国有用之人。黛玉的要求更简单——他能够爱她再多一点。

相比黛玉，妙玉的身体与灵魂都在努力挣脱俗世。宝玉与妙玉的相互吸引首先来自他们对各自身份的背叛，正是这种背叛让他们从彼此身上嗅到了一种熟悉的味道。

四

凹晶馆联诗是黛玉与湘云友谊的高潮。黛玉的诗歌才能自然是大观园中排名第一的，这一次中秋对月抒情她也算尽力而为了。但在随后登场的妙玉面前，她们就像是靠点蜡烛才勉强及格的“初中女生”。妙玉才华横溢，她的诗歌天赋在她们面前就像是另一个世界的人。

湘黛二人吭哧了半天，勉强凑出二十二韵，不承想那妙玉气定神闲间已集齐三十五韵。

三个人当然都是可以靠脸吃饭的，大观园中起的诗社似乎是在告诉我们，这样一群花一样的女儿有着比花更灵动的才情。黛玉一直在证明自己的才情——主要是在宝钗面前，就像我们很难将钗黛的容貌排出名次一样，她们的诗歌才能也只在李白与杜甫之间。宝钗原不在意这些，与其说黛玉是在意谁是诗魁，不如说她更在意自己在宝玉心里的位置……

却原来妙玉才是真正的天下第一。另一个天下第一（无能）的就是贾宝玉了，也许在宝玉心里妙玉比黛玉还要重要，只是他自己不知道罢了。黛玉说过最喜欢李义山的“留得残荷听雨声”，确是一句黛玉式的诗句。在妙玉心中天下最好的诗又是哪句呢？——纵有千年铁门槛，终须一个土馒头。

你如此不合时宜，真的好吗？

五

妙玉对他人更大的“伤害”在于，诗歌在她心里根本就不算什么。

不合时宜既是她的底色，也是她的标志。她模样极好，才情堪比缥缈的仙子……她是一位美丽的修行者，一个纯粹而深情的人，一个决不妥协的孤独灵魂。

她骨子里骄傲、有架子，但不曾伤害过任何人。欲洁何曾洁——全书最冰清玉洁的人被一群咽着口水的强盗掳了去……将美好的东西撕碎——续书者试图通过这样的方式向我们演绎悲剧的内涵。但妙玉如此不堪的结局跟她的冰清有关系吗？是她的不合时宜导致了这样的结局吗？通行本作者似乎仅仅是在嘲笑一个人的不合时宜。

美丽无暇就该成为被毁灭的理由吗？如果不是，这样的悲剧就没有说服力，也无法感染我们。如果一切仅仅是意外事件，它的意义何在？

六

我们相信妙玉最终该有一个世人无法理解的结局，将她的不合时宜进行到底。

大观园里的妙玉像是月里的嫦娥，她高高在上，不食人间烟火，自然也难为俗世接受。她几乎被所有人嫌弃，但也没有人能进入她的法眼。那一次宝玉、黛玉、宝钗喝完茶离开时，宝玉说：要不要叫小厮河里打几桶水洗洗地呀？妙玉这回该尴尬了吧？但妙玉说：记得嘱咐他们把水搁在山门外头。

我们以为宝玉是在开玩笑呢，妙玉的人生里没有开玩笑这几个字。贾母要走，妙玉也不留，她们刚出山门，妙玉哐啷一声便将山门闭了。

这是一个纯粹的人，一个有道德的人，一个脱离了低级趣味的人。

她最后还成为了一个毫不利己、专门利人的人。我们相信在故事的结尾，妙玉以自我献祭的方式换取了宝玉的某种自由，并最终完成了一个不合时宜者形象。

七

宝黛的相互迷恋来自他们的相似之处——游离于他们各自的群体之外。大部分时候，我们看见的是黛玉与其他女儿似乎并非来自同一个世界，但这种疏离感总体上并未超出她所依附的阶层。宝玉则从一开始就背叛了整个家庭，甚至包括他的男性身份。

宝玉的事业就是疼惜天下女儿。平儿是贾琏的侍妾，照理不在宝玉的关爱之列，但那次平儿受辱后，宝玉有机会对她尽心抚慰了一番之后，竟然让他深感满足……我们相信，妙玉可能就是宝玉唯一没有意淫过的清净女儿。

就灵魂的契合度而言，宝玉与妙玉可能还在宝玉与黛玉之上。但回到现实层面，黛玉也不是宝玉的最佳选择。

黛玉背叛的是其他女儿，妙玉背叛的是人间——在“背叛”这一主题之下，宝玉和妙玉才是灵魂更契合的人，这种契合在书中表现为两人若有若无的惺惺相惜——这样的惺惺相惜似乎更靠近灵魂。

但这样的契合应该以什么样的方式去表达呢？爱情是两个人契合的最高表达方式吗？我们相信，如果不通过婚姻、家庭的形式，灵魂的契合就缺乏了表达的社会基础。但真正的契合一定来自灵魂，它与性别无关、与爱情无关。

妙玉的放诞诡僻正是她比我们更高贵的证明。妙玉无疑是一个落单的人，蒲团上那个柔弱的身影却有一种惊人的美丽——就像栊翠庵前那几株盛开在雪地上的红梅，不合时宜却又美艳无比。

贾政，一个被焦虑驱使的家长

做老师的都清楚，在父母的情绪问题解决之前，不可能解决孩子的教育问题。

贾府中大部分父母的情绪问题都是解决得比较好的。贾敬、贾珍、贾蓉三代互不干涉，基本上相安无事。贾赦与贾琏的父子关系也算是楷模级了。贾琏借醉酒要杀凤姐那次，贾琏在老祖宗面前的气势依然十分雄壮，但是一提到父亲贾赦，贾琏立即就泄气了。为了石呆子那几把古扇，贾赦也曾把贾琏打到需要平儿去寻医问药。在相当长的时间里，这正是中国父亲们希望要的效果——儿子在父亲面前要绝对服服帖帖。

贾宝玉在贾政面前一直都是服服帖帖的，但贾政依然是一个完全被焦虑驱使的父亲。

贾政对儿子的诉求其实很简单，就是读“四书”，下科场，走仕途。就像今天大部分中国父母一样，他们总是希望孩子来帮自己实现梦想——考大学，找工作，拥有幸福人生。

此时看起来，贾政似乎有说不尽的拘谨与生硬，那是因为他爷爷荣国公的英雄气派与他儿子的衰弱反差太大——贾珠二十岁便病死了，宝玉又是这么个样子——家族复兴的重任一直压得政老爹喘不过气来。但我们依然不该忘记，贾政也曾是个诗酒放诞之人。无论贾政多么看不惯贾宝玉，这个儿子的确在很大程度上是承继了父亲基因的。

贾母有多爱宝玉，贾政就有多恨他——因为家族使命，更因为焦虑。

高兴了就赏钱，赏丫头，贾赦跟贾琏这爷俩有时候更像兄弟；贾政跟宝玉之间则永远是家长跟学生的关系。

在林如海眼里贾政谦恭厚道，有祖父遗风。他知道要报答贾雨村对黛玉的训教之恩，大内兄贾赦是不足以托付的。事实上，贾政也没让妹夫失望，他给了贾雨村必要的帮助。无数事实证明，只要不涉及宝玉，贾政的办事能力还是很靠谱的。

贾政从小酷爱读书，深得爷爷和父亲的喜欢。作为父亲，他本能地希望宝玉能够延续自己的人生——更重要的是将祖宗的荣耀继续下去。

在此之前，从工部主事到员外郎，贾政的人生也算是成功的。但宝玉的出现让贾政意识到，不管他个人的事业如何成功，他都可能成为家族的罪人。宁府早已是一派萎靡景象，贾赦只是沉浸在自己的个人欲望中，贾珠早逝，宝玉显然也不能寄托什么希望。

贾母、王夫人的溺爱只是在增加贾政的焦虑程度。教化儿子一向是父亲的天职，这使得贾政几乎从来没有以一位父亲的身份出场。父亲是用来爱孩子的，家长的作用主要是“管教”——而这本来是专事教育者的责任。

中国有“易子而教”的古训。孟子坚持“古者易子而教之，父子之间不责善”。责善，是劝勉向善，属于教育的手段问题。如果一时达不到效果，手段难免会趋向极端——但这显然不适用于父子之间。父子之间本该只涉及亲情，劝勉矫正是师生或朋友之间的事情，将两者混淆起来的结果可能是父子反目乃至父权的丧失。

父母不伤害孩子，社会就很难伤害到孩子。

贾政一直在用最恶毒的语言攻击他的亲生儿子。贾政最生动的语言都是讥讽、斥骂宝玉时出现的。大观园题对额那次，宝玉的表现已经十分惊艳了，跟着贾政的那些小厮都听出来了。贾政心里明明是十二分地满意，但他只是用责骂来表达“欣赏”：“畜生”“轻薄”“无知的孽障”“蠢物”“胡说”……听起来是不是有一点点变态？宝玉主动回答问题时，被贾政斥为轻狂；宝玉略说慢了，又被骂是不是还要我们求你呀？

我们从小到大一直无法逃脱的魔咒就是——谦虚使人进步，骄傲使人落后。一个“骄傲”的成年人是不被周围接纳的，在孩子那儿“骄傲”更是洪水猛兽了。

为了让孩子进步，就要不停地打击、责骂。我们相信宝玉在周岁那天选择脂粉钗环时，所有人都会一笑了之。但贾政一定在心里暗骂。慢慢长大后，儿子整天与丫头们混在一起，学了一身精致的淘气，贾政会想起自己当年同样胡闹的岁月吗？

或者我们该相信贾政从小就是这样一本正经的人，为了让宝玉符合某种规范，贾政利用父权采取了强压政策。比如关于宝玉的课业负担，多少合适呢？贾母希望是零负担，贾政就希望越重越好。在这里我们见不到爸爸妈妈，我们看见的只是一个被焦虑折磨着的家长。

“别人家”的父母说：“不管发生什么事，爸爸和妈妈都永远爱你、支持你。”

焦虑的家长可能会通过某些极端行为来缓解自己的情绪，比如不惜代价选择“学区房”——事实上，“学区房”只是焦虑家长们共同制造出来的谎言。

贾府该是天下最贵的“学区房”了吧？贾家义学也该是天下第一名校了吧？那里唯一的教师兼校长就是老迈而昏聩的贾代儒。永远没能走出风月宝鉴的贾瑞就是他的孙子……爷爷有多神圣，孙子就有多不堪。所有人都知道见到凤姐应该绕道走，贾瑞居然能毫无希望地爱上那个贾府女神。我们不知道贾瑞这种离奇的爱情跟爷爷的教导有多少关系，作为塾掌助理的他，在同学们面前毫无威严，只能说除了人品，他的智商也是大有问题啊！

就算“义学”的硬件及经费保障没有问题，其复杂的生源情况也决定了这很难说是一所好学校——薛蟠像个逐臭的苍蝇混迹其中，校园欺凌现象以及不可描述的学生关系……而且我们相信这种情况一直都存在。

当年祖宗决定举办这所“义学”，是为族中贫穷请不起老师者设立的。义学属于免费性质，它仅仅是为了满足基本需求的。塾掌当初设定的条件就是“年高有德”，而且按秦可卿临死前提醒凤姐的说法，义学经费一直都没有保障。

没有艺术熏陶，也没有智慧的开启……家族义学的设置从一开始就没有打算从根本上解决问题。我们当然知道那不是一个私家启蒙学堂的使命，问题在于家庭和社会只是补充了一个混乱而僵化的框架，它要求所有人符合某个单一的标准。

“义学”甚至连标准都没有。那里除了教授几部干巴巴的圣人经典之外，大致就是一些道德说教了。闹学堂那次，我们有机会瞥见所谓的“义学”，只是贾府中一个肮脏而混乱的阴暗角落。

“义学”存在的问题包括办学经费、师资、校风……而贾政并不关心问题出在哪里，他只是用“焦虑”对抗这个世界。

薛蟠已到娶妻生子的年龄，贾兰还是个孩子，他们都是贾家义学的在读学生。贾兰可能需要的是启蒙教育，宝玉三四岁时得元春教导，已经有数千字及文章在腹内了，而薛蟠只是来胡闹的；贾代儒显然不足以承担一同教育他们的重任。

就宝玉而言，他需要的是贾雨村，而非贾代儒。至少在贾政心里，贾雨村是一个有文化的人——贾政一度认为只有雨村才是有资格为大观园题写对额的人。贾雨村的身份属于“西宾”，是一对一的家庭教师，侧重于学问传授。出身贫寒的秦钟也是有“业师”的，还有同学一起讨论功课。宝玉有业师吗？至少我们没有见过，他大部分时间需要面对的就是那个“塾掌”——他的主要职责是训课，也就是督促学生自学。

可以选贾雨村这样的人做塾掌吗？不能，塾掌的职责就是道德训诫，而这样的身份只有本族年高有德者才适合。为什么是贾代儒？贾氏宗族中此时代字辈只剩了两人，贾代儒可能是唯一还能走动的那一个。酷爱读书的贾政当年也是这里的学生吧？幸亏皇上直接赏了他一个功名。其他如贾赦、贾珍、贾琏、贾蓉应该都是这里的毕业生，他们全部不爱读书也就不奇怪了。

贾府肯定不差一个家庭教师的钱。贾政身边那一群清客相公每一个都比贾代儒更适合担当宝玉的“业师”。

北静王曾经提醒过贾政，世家子弟最容易被溺爱所误，除此之外，同学相互促进最重要。

此时，宝玉正与秦钟打得火热。那一次宝玉准备去上学，实际上他只是去找一个跟秦钟鬼混的地方……贾政采取过任何措施吗？事实上他根本就不知道秦钟是谁。

听说宝玉要去上学，贾政只是循例对着他发了一通脾气——再提上学二字，连我也要羞死！小心站脏了我的地，靠脏了我的门——这样跟人说话，这是有多大的仇恨啊！问题是贾政事实上并不关心宝玉在学校里跟谁在一起，他在学什么，校风好不好，老师称不称职。

我们几乎可以肯定，如果贾政不那么愤怒、不那么焦虑，宝玉一定会变得更美好。但焦虑的人往往什么都不做……学政一点便是数年，回家第一件事就是检查作业。接着就是大观园里姐妹们一起帮他抄作业。老祖宗糊涂听说那么多人帮宝玉还表现得很开心，连素日懂事的薛宝钗都主动下水帮宝玉作弊——这已经是老师的问题了。

说到底没有人天生就爱上学，但是像贾宝玉那样对学校深恶痛绝的也不多。很奇怪吗？因为世界上也很少有人能达到贾政那样的焦虑程度呀。宝玉厌学贾政肯定要负一部分责任的——在读书问题上，一个基本的逻辑就是：家长越是焦虑，孩子就越讨厌学校。

焦虑只是情绪，肯定没有解决问题。但是要解决宝玉的教育问题，必须从贾政的焦虑问题开始。

塾掌贾代儒教育孙子贾瑞的方法主要就是罚跪和罚抄作业——听起来是不是很熟悉？那一回贾瑞去向凤姐求爱，

收获就是一肚子的西北风加羞辱，贾代儒的管教方式则是——苦打、饿肚子、跪在风里读文章。贾代儒永远不可能知道这个世界除了科举文章之外，还有另外一个不一样的世界——而教育的基本意义就是要让孩子们明白这一点！

贾政却一直在向儿子强调，世界上只有考试这一件事。从抓周时的恼羞成怒，到日常逼宝玉读书时的怒火攻心，乃至莫名其妙的雷霆之怒，让所有人都觉得宝玉是一个没有任何希望的败家之子。中秋夜击鼓传花，宝玉选择了作诗。老祖宗怕宝玉委屈表示反对，贾政却一副胸有成竹的样子——他能的，他能的。还有大观园题对额时，贾政曾自我反省不擅花鸟山水。宝玉显然在很大程度上补齐了父亲的短板，这不是一个皆大欢喜的局面吗？

如果世界上只有一条科举之路，贾政在某种意义上值得同情。今天的成功之路不是有无数条了吗？为什么大部分父母依然觉得不会考试的孩子就是世界末日呢？我们真的理解童年是什么意思吗？

这就是真正的童年——拿着棍子站在泥里的孩子才是最幸福的。而打上幸福底色的童年就是他一生最重要的财富。

宝玉智商不够，情商一般，可是他的“爱商”天下第一呀！

仕途经济肯定不是他擅长的领域——假定这也需要天赋，无论如何努力，宝玉都不可能成为国家栋梁。诗词歌赋呢？大观园中他肯定排在黛玉、宝钗之后，湘云、宝琴应该也在他之上。

宝玉的长项呢？元春让宝玉陪那些姐妹们住进大观园，进驻之前贾政有个训诫谈话，那一次贾政面前宝玉与贾环同框。眼前的贾环形容猥琐，连贾政都心生厌恶；神采斐然的宝玉那一瞬间该让贾政心疼了吧？

贾政那些“无名”的愤怒也由此而生吧？

换个角度看，贾宝玉神采飘逸、天资聪明，他孝敬长辈、心地善良（尤其是对女孩子），他才华横溢、心思缜密、言语得体……这分明就是“别人家的孩子”嘛。就是这样一个好孩子，只一句——“老爷今天在家，提防问你的书”，会让他瞬间觉得生无可恋。

在儿子贾宝玉面前，贾政永远只扮演过一个角色——家长，而且是最硬核的那种。事实上，宝玉真正需要的只是一个父亲，但这一切都被那个叫“焦虑”的东西毁了。

如果知道自己的儿子是下凡的神仙，贾政还会天天逼宝玉读《四书》吗？

贾宝玉的教育问题就是所有人的问题，它跟整个贾府的衰落其实也是同一个问题……一部《红楼梦》从秦可卿开始总是在死人，却没有一个新的生命诞生，这样的沉沉暮气才是宝玉面临的教育大环境！老祖宗想要更多的快乐总是被不断减少的人口所打击——这是贾政能够解决的问题吗？

如果不确定跟大环境有关的问题何时解决，以及能否解决，剩下的唯一有意义的事情就是解决情绪问题。贾赦肯定是鄙视读书的，贾珍一味高兴快活，贾蓉、贾琏、薛蟠也都不读书。从最悲观的角度看，当整个大厦开始崩塌时，所有人的命运都一样——焦虑的人并不能豁免。

但所有的问题是有可能从改变我们的焦虑开始出现转机的，从父亲到家长的距离就是你家孩子最终跟这个世界的距离。

贾府无可避免地衰落了，贾政可能是最痛苦的一个。其实我们都清楚，不管贾政如何“努力”，宝玉都不可能成为让他满意的人。

从头至尾，贾政都深陷自己的角色扮演。为焦虑而焦虑，被焦虑所驱使；嘴里不停“嗷嗷嗷”，身体却没有去做任何事情。

贾政可怜，但不值得同情。

焦大别骂了，了解一下赖嬷嬷的人生

焦大的大部分人生是在情绪发泄中度过的。

他一出场就在骂人。那天又喝了点酒，他骂大管家赖二是一个欺软怕硬的家伙。焦大跟赖二之间的冲突肯定不止一次，在焦大眼里，你一个大管家算什么东西？……事实上，我们几乎可以肯定晚上派车送人这样的小事都到不了宁府大总管那儿。焦大索性把贾蓉、贾珍、贾敬乃至祖宗骂了一遍，最后还没忘将他峥嵘的“当年”又强调了一遍。

我们也只是通过尤氏的口间接知道焦大的人生曾经真的非常辉煌。焦大是宁国公的救命恩人——没有宁国公就没有后来宁国府的一切。焦大把太爷从死人堆里背了回来，自己饿着肚子去偷东西给主子吃，得了半碗水留给主子，自己却喝马尿……

宁国府上下不是应该像尊敬祖宗一样敬着这个忠勇的老功臣吗？但这个老光棍在贾府存在的意义似乎就是为了被侮辱与损害——他的人生故事想告诉我们什么？我们知道他一直在对抗，我们还相信他是想通过自己的行动让这个世界变好一点点。

但他努力的价值是零——这同样让人难过。

他以一种极端的方式抱怨别人派活不公，他其实只是在发泄情绪——你一个祖宗辈的老功臣为什么还在做这最下等的活计呢？但你人生这条直线一辈子贴地而行难道不值得反思吗？早年靠喝马尿起家，今天却在吃马粪……他竭力维护的那个东西对他来说毫无意义。他自认为是一个宁国府的批判家与揭秘者。

鲁迅说焦大是可以做一篇《离骚》的——如果你的“揭秘”既不为正义，也不为利益，这更加没有意义。焦大注定做不成英雄——贾府被查抄时，焦大最后一次对这个世界破口大骂：我活了八九十岁，从来只有跟着太爷捆人的，今天给人家捆了——他决定与整个世界怼到底！

醉酒与叱骂构成了焦大的大部分人生版图，他当然也没能离开过他所属的那个楼层——他甚至一辈子都匍匐在那块酒气十足的地板上。

同为奴才的赖嬷嬷却成功跨上了人生的顶楼！

赖二的母亲赖嬷嬷曾经只是一个侍候过主子（可能是荣国公或夫人）的老女仆，今天她已经荣升为贾母的亲密牌友。

贾府的规矩是侍候过上一辈的下人比年轻的主子还有体面。在讨论如何给凤姐凑份子过生日时，底下满满地站了一地的人，以赖嬷嬷为代表的几个嬷嬷却是可以有一个小凳子坐。但这些都是一些很表面的东西，与其说是给这些老嬷嬷的一种荣誉，不如说是荣国府颁发给自己的一块道德奖牌。

事实上，赖嬷嬷得到的远不止这些虚名。她的两个儿子赖升（即赖二）、赖大如今掌管着宁国府和荣国府；孙子赖尚荣还在贾府的周旋之下做了州县级的父母官。

但是奴才跟主子之间有多遥远？就是山跟天的距离。即便是为相为宰，贵为首辅在皇帝面前也是奴才。除非主子格外开恩，除非有特别的绿色通道……社会流动的管道对奴才来说并不存在。但赖嬷嬷凭借她的一双三寸金莲，成功跨越了从奴才到主子之间的巨大鸿沟。

她甚至可以像长辈一样当着众人的面有板有眼地“教训”贾宝玉：老爷小时候也没你这么天不怕地不怕的，又爱扎窝子，老爷管管怎么了？老太太还护在头里！当日老爷不也是这么被打过来的吗？还有那个到三不着两的珍大爷，他就该先管好自己！

周瑞原是王夫人的陪房，照理也是有几分体面的。他儿子被凤姐炒了鱿鱼，还得靠赖嬷嬷来主持公道——撵了去，断乎使不得。按凤姐的一贯性格，她下的命令谁敢说个不字？赖嬷嬷敢，而且凤姐这一次很爽利地同意了。

跟赖嬷嬷一样资历的老仆很多，但是只有赖嬷嬷的两个儿子成了大管家，整个赖家也成了贾府的一个特别存在。赖嬷嬷的成功人生故事中有什么特别的桥段吗？

有一年冬天赖大媳妇特意送了宝琴两盆腊梅、两盆水仙，春天到来的时候还送了宝玉大鱼风筝。这些未必是什么值钱的东西，但送给谁肯定是有讲究的。宝玉不用说了，他是老祖宗的命根子；宝琴却是老祖宗“一见钟情”的人——所有人都看得出来，老祖宗心里是把她作为孙媳妇第一人选的。

更重要的是赖大媳妇这一行为本身所释放的信号，就像当年赖嬷嬷将晴雯赠予老祖宗一样。《红楼梦》中大小丫鬟数量众多，其中最伶俐标致的要数晴雯了。晴雯原是赖大买给母亲的小丫头，后来贾母看着喜欢，赖嬷嬷就孝敬了贾母。

贾母是什么人？如果这点“东西”都能贿赂到她的话，贾府早就树倒猢狲散了。

大观园中对主子着意奉承的奴才大有人在，事实上，并非所有的老嬷嬷都能得到老祖宗的好脸色。贾母亲自出面处理过管事的二十几个奶子，罚的罚，打的打，撵的撵，谁讨情都没用。贾母的话也难听——这些人仗着有些体面，调唆主子，护短偏向，比别人更可恶！俗语有言，可怜之人必有可恨之处。大部分时候，这句话是适合贾府中那些嬷嬷的。

而鹤立鸡群的赖家一定另有什么过人之处吧。

贾府有大观园，赖家也有个破园子。“破园子”的说辞足以证明赖嬷嬷是个懂得低调的人。赖家花园，虽不及大观园，却也十分齐整宽阔，甚至还有好几处惊人骇目的。

比花园更值钱的是赖大的儿子。按规矩奴才的孩子生出来就是奴才，但是赖大的儿子赖尚荣一出生就成了自由人。因为他获得了荣府的特别授权，这让赖嬷嬷铭记于心。赖尚荣在获得自由身之后，还几乎享受了主子的所有待遇，乃至捐了前程，最后成为州县父母官。对于赖家而言，这自然是值得大肆庆贺的。而在这样的时刻最不应该忘记的就是：在主子面前自己永远都是奴才——而大部分奴才最容易犯的错误就是，在发达后很快就忘了自己是谁！

凡是主子能给你的，他随时都可以收回去——如果需要的话。深明此理的赖嬷嬷时时刻刻都在强调自己奴才的身份，以及主子的恩情。

所有人都会为此感恩戴德，但赖家可能是最会表达这种情感的人。

邀请主子们赴宴是由赖嬷嬷亲自出面的，表面上是邀请，实际上是再一次感恩。孙子做了官，横行霸道，但她反复警告孙子别忘了在恩人面前自己永远都是奴才。给你自由身，读书认字，长大成人，里面多少主子的恩典呀！多少贾家子孙还忍饥挨饿呢，给你一个奴才捐了前程。如果不懂得安分守已，孝敬主子，天也不容你！你闹出乱子是小事，被不知道的人听去，说你仗势欺人，坏了主子的名声却是大事！

赖家连摆了三日酒，头一日，便请了贾母等人。贾母高兴，带了王夫人、薛姨妈及宝玉姐妹等，在赖大家花园中坐了半日。这几乎是跟孙子做官一样的荣耀。

说到底，赖嬷嬷是真正懂得感恩的人，她随时随处都把主人的恩德放在心里，而且坚持说出来。

同样拿到了一个小凳子的“李奶奶”，却一直在强调自己曾经的功劳——我的血变成奶，把你养的这么大，如今看的我还不如袭人重了？这位宝玉的奶妈在周围人嘴里也就是个“老货”，但是永远不会有人这样叫赖嬷嬷。就像那些被称作老货的嬷嬷永远不可能成为老祖宗的牌友一样。

赖嬷嬷的成功人生，除了养了两个能干的儿子、一个争气的孙子，她家不菲的财富似乎也可以间接证明她的人生是多么完美。

但更多人关心的是赖家的“财富之谜”，就如有人会关心林黛玉家的巨额财富去向一样。林黛玉葬父时，是贾琏一路护送的，有人自然认定是贾琏做了手脚。后来贾琏钱不凑手要求鸳鸯把老太太的金银家伙押出去暂借几千两银子，又赶上太监府里夏爷爷来借钱，贾琏顺口说了一句：这会子再发个三二百万的财就好了。贾琏是在林黛玉家发过财吗？

能吗？贾琏口中的“三二百万”是什么意思？“再发个”就是发第二个吗？

还是相信读“红楼”最好别算账吧。元春比宝玉大几岁？周瑞的女婿冷子兴说王夫人第二胎生了元春，奇的是生在大年初一。次年就生了宝玉，按说宝玉该比元春小一岁，但是他们的师生谊、母子情从何而来？元春省亲时，宝玉十三岁；省亲后三年元春死，也与诸多事项都对不上——权且当作《红楼梦》里的秘密也无不可。

但还有一种可能——曹雪芹原本就是一个数学差生。薛姨妈评价凤姐是：账也清楚，理也公道。作者可能真的欣赏这种会算账的人，理由是因为他本人并不在行。

话说回来，不重视“数字管理”属于中国传统。肇始于隋朝的科举考试，考来考去，有文有武，就是不考数学。不考就不教，然后就没人学。因此，《红楼梦》中最糊涂的可能就是数字了。

赖家的财富来源也重要，但在这里不是重点。

探春赴宴时在与赖家人闲谈中得知其花园管理的小秘密——承包。不大的赖家花园承包者一年足剩二百两银子，探春这才知道，破荷叶、枯草根子都是值钱的。她还把赖家那套方法搬到了大观园，效果也是相当明显的。

对比贾府进的少，出的多，这至少证明赖家是比较善于经营的。

也是凤姐凑钱过生日那次，贾母自己出二十两，邢王二夫人先打了折，尤氏李纨继续降级，已经到了十二两，赖大母亲说自己必须再打折。没有人差这几两银子，赖嬷嬷这里强调的是她奴才的身份——她永远知道自己是谁，知道自己应该待在哪里。贾母不同意，理由是她身份虽低，却是财主。

我们是否应该相信：其一，赖家有钱根本不是什么秘密；其二，贾母是认可赖家有钱这一事实的。我们相信，如果赖大他们以权谋私，乱发贾家的财，老祖宗不至于如此糊涂。

但是说到底赖家依然属于奴才，这跟他们拥有多少财富都没有关系。至少在赖嬷嬷心里是这样。

说实话，我们并不清楚赖家的发家之道，因为书中没有交代。但是我们至少从赖嬷嬷的言语行事中断定他们家是配拥有那些财富的。孙子的“好运气”肯定跟两个占据重要岗位的能干儿子有关，两个儿子为什么这么能干？那肯定是赖嬷嬷个人的魅力。

贾府额外关照赖家第三代肯定有拉拢两府大管家的意思，但赖嬷嬷只记住了贾家主子们的恩德。

而贾家遭难时，赖尚荣的小人嘴脸却让人厌恶。贾政为母亲送灵回南京，走投无路时，向赖尚荣求借五百两银子救急。春风得意的赖尚荣只是“赏”了主子五十两银子，被贾政拒绝。

焦大，一个坚持说出真相的人。

焦大属于躺在功劳簿上行为不检点的老人，他曾经是个好奴才。也许真是这些小主子太令人失望了，也可能是老奴才太不能与时俱进了，总之这样的情况让人难过……

相对于焦大的醉酒日常，赖嬷嬷牌桌上的时光就悠闲多了。贾府上下少说也有千百口人，最后得善终者一只手都能数完，而赖嬷嬷几乎就是唯一的成功人士。当赖嬷嬷享受着比大部分贾氏正经子孙更滋润的人生时，焦大又一次被人掀翻捆牢，用马粪填满嘴巴，拖到马圈里去了……而他本来该去祠堂哭太爷的。

从主观上，焦大的大部分激烈言行都是为了贾家子孙；赖嬷嬷的所作所为客观上却成就了自己的荣华富贵。

赖嬷嬷跟焦大曾经都是优秀奴仆，但今天一个天上，一个地下，说到底，也都是他们各自的命运罢了。

梦幻泡影海棠社

太过美好的事情往往都是可疑的。海棠诗社从一开始就是一个春天里的梦，毫无瑕疵，但也不像是真的。

那一年贾政点了学差，宝玉成了没有笼头的马。虚度光阴，只是把岁月空添，时间久了，还是一样无聊。宝玉打发无聊日子的方式就是无事忙，相对而言，探春就有创意多了：广撒英雄帖，大张旗鼓地组建大观园诗社。

起个诗社既雅致又新鲜，又赶上贾芸送来了两盆白海棠，一切都很完美。于是，大家一呼百应，每个人都觉得这件事早就该做了。宝钗黛玉探春宝玉是主力，李纨毛遂自荐做了社长，迎春、惜春为副；各自起了别号，越发雅了，于是议定于每月初二、十六两日开社。

所有人都相信，他们找到了自己的人生价值。照这个势头，每月两次的诗会就够半部《红楼梦》了。事实上，如果不是史湘云的加入，海棠诗社能不能起第二社都是个问题。

没有大观园就没有海棠诗社，或者说没有诗社的大观园肯定是不完美的。鲜花一般的少男少女们流连于泉石之间，醉飞饮盏，无疑就是天上人间了。但让姊妹们入园居住，为的却是不辜负那个园子——这是贾元春最初的想法。贾元春深知自己游幸过之后，谨小慎微的贾政一定会把大观园“封存”起来，家里那几个姐妹能诗会赋，不是可以为大观园增色吗？

为了不使佳人落魄，花柳无颜，宝玉并纨迎探惜及黛玉宝钗选定二月二十二日正式入住。加上后来的湘云宝琴及纹绮岫，这些天下第一等的异样女子，就成为大观园里的最佳景致。

荣宁二府皆是“三间兽头大门”，大观园却是五间正门，因为大观园是专为贵妃省亲建的。政治功能决定了这样一个美轮美奂的园子从一开始就缺失了某些烟火气息——大观园原本就不是给人居住的。

从这个角度看，园子肯定比那些人更重要。皇贵妃亲历的地方，其本身便已经具备了象征意义，海棠诗社只是借助了这个特定的场所，才有了不同的内涵。

大观园可以起诗社吗？我们相信那就是元春的意思。因为有了海棠诗社，才真的不辜负那个园子。

惜春画笔下的大观园跟刘姥姥说的“年画儿”是同一个东西吗？让惜春画大观园正是刘姥姥挑的头。在刘姥姥看来，人生最大的愿景就是能到年画里走一趟；而她的理想在大观园里变成了现实——这里的景致比那画上还强十倍。为了让村里人“死了也得好处”，最好的办法就是把大观园画出来，让他们也见识一番。贾母还特意交代惜春，要把人画上去——没有人的园子就是个“房样子”。但是海棠诗社的风雅无论如何都不是一支画笔能够胜任的。

但我们知道惜春的画始终未能完工。让我们觉得大观园多少有点像刘姥姥口里那些年画一样——它们并非现实中的真实存在。又或者，如此美好的场景大概只能用语言文字表达吧？

比园子更真实的是诗社，但轰轰烈烈的诗社实际只举办了四次活动。最后一次只剩下了黛玉和湘云两个人——那一次她们中秋夜在凹晶馆联诗，其情绪之悲凉也预示着诗社即将成为绝唱。

当如此美好的场景变成回忆时，只是让你我多了一些唏嘘感慨。此景、此人、此情，一切风流云散之后，未必能像童话故事那样有一个圆满的大结局。公主和王子最后都过上了幸福生活，但童话里也有坏人，真正让我们记住的永远都是悲伤。

刚起社时，黛玉的态度是——你们别叫我，我可不敢。相对而言，宝钗的态度就有建设性多了。尽管黛玉日后很享受有诗社的日子，但这事搁她头上一定办不成。

诗歌似乎比眼泪更适合表达黛玉的旷世才情。真的作起诗来，黛玉就成了“别人家的孩子”——平时都不怎么学习，还总考第一。当别人都在绞尽脑汁遣词造句时，黛玉总是显出一副若无其事的样子……她要的就是一挥而就的优越感。

凤姐曾讥讽过那些自我感觉良好的人，必定要哼哼唧唧装出蚊子的样子才觉得是个美人。黛玉自然是个美人，问题在于她自己也很清楚这一点——这让她的“美”在一定程度上打了折扣。

黛玉教香菱学诗，却难得为我们呈现了一个性情文人的形象。什么难事，也值得去学！既要作诗，你就拜我为师。这大约就是黛玉说过的唯一一句“实话”。它是否让你想起了凤姐那句“便是告我们家谋反也没事”的“大话”呢？

宝钗为什么不直接教授香菱学诗？论诗才，她跟黛玉不相上下，她们最多只是风格相异。相对来说，宝钗的含蓄浑厚更适合传授，毕竟黛玉的风流别致主要得益于天赋。更重要的是，黛玉在教授香菱时所传递的某些价值观也正是整部《红楼梦》所要表达的。

黛玉的“诗论”，或者说是艺术观一定就是作者的艺术主张；而一本正经教人学习八股文的写作技巧，只能出现在“续书”里。

艺术作品中什么是最重要的？就一首诗而言，不过是起承转合罢了，要紧的就是中间两副对子而已。但是有了好句子，可以不管对仗；意趣真了，词句便不必刻意修饰；如果真有了才情，是否表露出来都已经不重要了。

真正明白作者的痴情之后，书也不是一定要看的。

诗社由探春发起的其中一个意义在于，它与日后探春在荣国府进行的兴利除弊改革一脉相承。我们甚至相信，如果探春是个男儿，贾府衰落的时间会延后。

诗社最需要的肯定是史湘云，第一社偏偏就把她忘了。

宝玉、探春他们拥有的已经足够多，办诗社只是为他们的生活额外增添一些色彩。湘云一定程度上也是寄人篱下，她的日常生活被消磨在无形的压抑中，诗社却可以让她正常呼吸。

贾芸那两盆白海棠似乎就是为诗社准备的。作为大观园园林工程主管，贾芸只是一个小人物。他是为大观园撑起一片阴凉的人，他也极有可能就是贾府衰落后宝玉他们的最后拯救者。整体而言，贾府一直沉浸在一种萎靡、衰败的氛围中。海棠诗社像一股清流，让我们看见了一群少男少女内心深处最活泼不羁的一面。

海棠诗社的意义还在于——当日的诗社有多浪漫，大厦倾倒之时，这些小仙女日后回想起大观园的日子就有多悲凉。

没有诗社，我们就很难真正看清大观园里那些人——湘云性情之美好几乎全在诗社中了。一听说他们起了社，她就急得了不得，直呼只要让她入社，扫地焚香也情愿。

第二社便是湘云做东。湘云是自愿认罚做这个东道——喜欢大说大笑的她也觉得终于找到了自己的人生趣味，她甚至忘记了自己的实际处境。然后就被宝钗泼了冷水：你手上有几串钱，就敢做这个东的？接着给她出主意，请老太太在园里赏桂花吃螃蟹，大家顺便作诗。更要紧的是，宝钗不显山不露水地为湘云提供了全部赞助——肥螃蟹和好酒。

比赞助更重要的是，宝钗还对诗社的定位进行了校准——不要过于新巧！这样的诗社才有可能长久。这跟宝钗的人生趣味其实是一致的——对我们来说，什么最重要？贞静第一，针线其次，识字作诗则可有可无。

第二社的诗意显然被那几篓极肥极大的螃蟹冲淡了。诗倒还是好诗，黛玉为湘云点赞，李纨激赏黛玉，探春夸了宝钗，宝钗又夸回探春，湘云再回赞黛玉，最后以李纨夸奖湘云作结。第一社宝钗夺魁，这一社黛玉完胜。

第二社原本已经是巅峰了，“四根水葱儿”的加入让诗社凭空又出现了一次高潮。第三社人最多，又是即景五言联句，其热闹的情景让所有人都觉得如此美好的日子可以永远延续。

香菱学诗肯定不单是一个青春励志故事。香菱是书中第一个出场的重要人物，作者在她身上似乎也寄托了更多的东西。从锦衣玉食到莫名堕入社会最底层。在书中，这样的人生大反转，香菱是唯一的，但现实生活中那些衣着光鲜者，又何尝没有深夜痛哭过呢？

从幼年父母的百般宠爱，到长大后的种种磨难。面对香菱，我们的心只是一次次抽紧：她原不该承受这一切的！香菱对诗有多痴情，我们的心就有多刺痛。

黛玉、香菱之间毫无芥蒂，香菱学诗时，黛玉还罕有地为我们呈现了她张扬的一面。这其实与大家商议起诗社时黛玉的“谦虚”是一致的——没有人相信黛玉是一个谦虚的人。她自视甚高，“小性”的她并不认为自己一个大学生可以跟几个小学生同班上课。凹晶馆联诗时黛玉的谦卑也是真实的。若论诗才，在妙玉面前，她与宝钗、湘云都十分平庸。

我们相信妙玉只是把黛玉谈恋爱的时间都用在了写诗上——就天赋而言，她们都算是天纵英才。

这首先跟她们的出身有关。父亲林如海是前科探花，作为林黛玉的家庭教师，贾雨村也是有大才情大抱负的。但林黛玉得贾雨村指点只是一年而已，她的轻灵飘逸也很难说有多少来自贾雨村。

黛玉无疑就是美的化身。她的风流婉转，她的一腔痴情都成了永远根植于我们灵魂深处的记忆；她的才华与诗情与她自身共同构成了那个可触可感的林妹妹。这一切，除了前世的印记外，作为灵魂伴侣贾宝玉的触发，肯定是她才情过人的重要原因——拥有爱情的人才会真正才华横溢。

说到底，黛玉、宝钗、湘云乃至妙玉、香菱她们，都配得上更美好的事物。她们的生命慢慢枯萎在大观园的树影之下，也只是让我们为所有美好事物的逝去心生悲凉罢了。

《红楼梦》呈现的是一切美好事物的毁灭过程。

到了最后，大观园里的人一个个或死或散了，诗社当然也散了，然后连那个园子也湮灭了……毁掉一个园子只是让人心疼，精神生活的毁灭却有助于我们看见真相；如果机缘巧合，我们甚至有机会走进圣灵世界，就像身披袈裟的贾宝玉一样。

为灵魂找到家园，走进圣灵世界，要看各自的造化。而大观园中吟诗作对的精神生活却可以成为每一个人的追求目标——诗意地栖居不一定借助诗社，更不必有大观园。

论诗才，跟家里几个姐妹比起来，宝玉倒是平常。跟那几个姐妹比起来，妙玉才是真正的才华横溢。妙玉原本就是大家闺秀，模样跟才华一样出众，不得已才入了佛门。她的修行生活，我们只能靠想象，持颂佛经肯定是她的日常功课，除此以外，出类拔萃的诗歌才华对她而言有什么更多意义吗？

至少在贾政眼里，会不会作诗并没有那么重要。当他从义学那里得知宝玉擅长此道时，他只是有点好奇——这至少好过那些精致的淘气。但更多的时候还是愤怒，如果宝玉能在正经功课上多下功夫，参加科考取个功名不是更完美吗?

元春省亲，除了述说亲情，主要活动就是在大观园主持了一次诗会。钗黛的才华是元春一眼就能看出来的，姐妹们一起吟诗作对的美好日子正是这位皇贵妃真正需要的吧。

在老祖宗那里，浅近的灯谜更符合她的志趣。在诗人们大展诗情时，老祖宗觉得为什么不做灯谜呢？她知道笛子怎样吹奏效果更好，但她永远无法真正走进艺术的殿堂。才子佳人吟诗作对大多酸腐而卖弄，在贾母看来，那些半桶子读书人并不特别值得羡慕。

连字都不识的老祖宗享受的才是真正的“诗意人生”。她大半辈子沉浸在享乐中，日子踏实而悠长，值得羡慕。

一夜北风紧——就是王熙凤的“大风歌”，那一个惊艳的“紧”字为接下来的咏叹提供了无限可能性。它既有刘邦般的帝王气象，又是属于“春风又绿”式的妙手偶得。如果没有这一句“代表作”，同样不识字的王熙凤只是尤氏面前那个又酸又辣的泼妇。

诗社可以成就凤姐，但拯救诗社可以依靠凤姐吗？为第一社就不齐全，李纨、探春曾当面向凤姐求救——她们觉得是缺了一个铁面无私的御史。宝琴她们几个加入后，有过一次芦雪广即景联诗，算是极热闹的一社。但接下来这样的热闹没有延续，一定还有什么更深层的原因吧。

在诗社散了一年多之后，史湘云开始反思，诗社不发达可能跟它成立于秋天有关，她主张将海棠诗社更名为桃花诗社。春天万物萌动，桃花璀璨，该是一个好的开始吧？

但诗社注定就是个短命的故事，就像那两盆易逝的白海棠一样。只是所有人都没想到诗社会如此短命，短暂到甚至没有人觉察到它的消失。

所有的东西都会经历这样的历程，相对于其他季节，春天尤其显得短暂——只是那些美好的事物更容易让人感慨罢了。

三代单传的宁国府看不出有任何延续下去的机会，而荣国府里，贾琏没有儿子，贾珠早逝，宝玉出家，总是跟贾环混在一起的贾兰将来会把贾府带到哪里？……某种更强大的东西及时阻止了这个结果的出现——贾府的一败涂地让所有的不堪戛然而止，就像是一个噩梦突然终结于窗边的一缕晨曦。

黛玉和宝钗，大观园的第一与第二

大观园中黛玉、宝钗肯定排名前二。但是文无第一，武无第二。黛玉大部分时间都觉得宝玉会选自己，宝钗呢？她心里的答案也许只是“不服”二字。

有一回黛玉说认薛姨妈做娘，宝钗说认不得。此时钗把邢妹妹说与弟弟薛蝌，是因为哥哥先前已经相准了——你细想。聪明如黛玉者一时都没明白宝钗的用意。在她的再三提示下，黛玉才明白这位宝姐姐的意思是要把她说与哥哥薛蟠的。这当然只是玩笑，但这是一个粗俗、恶心的玩笑！

事实上，这个玩笑可能真没有表面那么单纯。薛蟠第一次瞥见黛玉时，的确因为她的风流婉转而倾倒过，但这仅仅是那个呆子的一点阴暗小心思。通常情况下，你说出来已经是对她的“玷污”了。

宝姐姐对自己的“报复”行为多少还是有点小得意的，因为大部分时候似乎都是黛玉占上风。薛姨妈还认认真真地“辟谣”说，连邢姑娘还怕糟蹋了人家呢，所以才给了薛蝌。但话题并未就此打住。在心思单纯的薛姨妈看来，宝玉和林妹妹才是四角俱全的一对——她甚至还当着宝钗和黛玉的面说了出来，当时就引得紫鹃跑出来代林姑娘“催婚”。

黛玉也许觉得挤眉弄眼的宝姐姐仅仅是在拿她和薛蟠开玩笑，只是没想到引出了薛姨妈一番黛玉与宝玉“老没正经的话”——我们相信这时的黛玉心里正像灌了蜜。

宝姐姐这次弄巧成拙了吗？大多数时候，宝钗似乎不屑于跟黛玉去争什么宝玉，她甚至是希望宝玉被林黛玉缠住的。一方面这是女儿的矜贵，另外，大概在宝钗看来这根本就不是争不争的问题。

但黛玉从来就没有放松过警惕。

宝玉大受笞挞那次，连宝钗都怀疑是哥哥在外面挑拨生事。薛蟠冤比窦娥，便给妹妹的“金玉”之论下了几句混账话，惹得妹妹在房里整整哭了一夜，眼圈都肿了。第二天一早恰巧给黛玉见到了，黛玉便跟在后面笑：就是哭出两缸眼泪来，也医不好棒伤。宝钗却偏偏不予澄清，相信跟在后面的黛玉越笑越尴尬，然后就笑不出来了。

宝钗不争，是以“不争”为争，这正是她的聪明之处；黛玉随时随地在“宣示主权”，正好显出了她的小气。从另一个角度看，似乎也可以证明黛玉爱得更深。

她不允许出现任何差错，不管宝玉表过多少忠心，一个不争的事实是，在大观园里宝钗依然是她最强有力的对手。

有一次，黛玉笑湘云把“二哥哥”说成“爱哥哥”，引发湘云不满——我指出一个人，你敢挑她，我便服你。黛玉问是谁？湘云说：你敢挑宝姐姐的短处，我就服你。

黛玉心里充满了不屑。

不只是湘云，在很多人看来，宝钗是排在黛玉前面的。

站在宝玉的角度，这里根本就不存在排序的问题。宝玉生日，妙玉粉笺祝寿，因不知如何对应“槛外人”之称，打算去找人请教。他心中的想法却是：若去问宝钗，必被她批评怪诞，还是问黛玉好。

谁是我们的敌人，谁是我们的朋友一目了然。

袭人曾极力称赞宝钗的大度，还顺便批评了黛玉的小性。但这个问题在宝玉心里是一个跟说不说“混账话”一样的原则问题。在袭人看来是谁更有涵养，宝玉看的却是谁才是知音——你说的是婚姻，我说的是爱情。

刘姥姥进大观园那次，大家先是在沁芳亭上俯瞰全景，又参观了几处有代表性的院子，后再坐小船体会大观园景致之灵动深邃。但这些都像是铺垫。然后就说起水中的残败荷叶，宝玉的第一反应是快叫人拔了去吧。

宝钗和黛玉的反应却截然不同。宝钗逻辑性很强：今年园子活动安排得太满，天天有人逛，哪里有时间去收拾？黛玉的思路却是文艺女青年式的——李义山的诗句中我只喜欢“留得残荷听雨声”。

宝玉的反应就像糊涂母亲面对自家淘气的孩子——以后咱们别叫人拔去了。

中秋夜贾母独爱山高月小，便带领一大家子去了山顶上的凸碧山庄。这次玩的是击鼓传花，不改的是热闹与欢笑。但在湘云看来，这里赏月固然热闹，底下山坳近水的凹晶馆里，皓月清波更是别有一番趣味……除了那里的景致，湘云还十分赞叹这凹凸二字用得妙极，且新奇。

黛玉轻描淡写地说这两处名字还是她题的呢。我们都记得宝玉大观园试才题对额那次得了彩头，并不知道黛玉后来拟题的几处匾额，都深得元春、贾政喜欢，竟一字不改予以采用。这一点连宝玉都未必知道，而在宝钗内心深处女子读书作诗只是胡闹罢了。

凹晶馆只是几处矮小的房宇，因两个上夜的老婆子早早关灯睡了，周围一片漆黑，只剩天中的一轮皓月，与池里的水月上下争辉……两个神仙一般的小姐姐坐在近水处的湘妃竹墩上联诗赏月……这种雅致只宜此时此地，也只宜黛玉湘云耳。

后来冒出一个妙玉，已经是第二日凌晨了。三人意犹未尽，又同往妙玉的笼翠庵里去吃茶。对黛玉而言，在一个人面前如此小心翼翼者，妙玉是第一人——黛玉请教她们刚才联的诗是否有改正的价值，如果没有，烧了便罢。妙玉也不十分谦虚。湘黛原本觉得韵已用尽，妙玉须臾间竟然又添了十三韵，共凑齐三十五韵，且将她们的凄楚气息翻转过来，直令黛玉惊为天人，乃以“诗仙”赞之。

我们相信，习惯瞻前顾后、多少沾惹了些许世俗气的宝钗不会出现在这里。请到庵里喝杯茶是一回事，凌晨做诗是另一回事。

薛宝钗虽也是书香出身，只是父亲早逝，哥哥又是个浑蛋，作为宫廷采办的皇商，家里又开着当铺、做着生意，难免沾染一丝铜臭。

有一回，王夫人要二两好人参，遍寻无获，只得命人花高价去外面买。宝钗当时在场，随口就说了一番市侩道理：如今外头的人参都没好的，纵有一枝全的，也要截做两三段，再粘上芦须充好货卖——我们家铺子就是做这个的，跟他们说明白了，才可得到好的。

我们很难想象，黛玉会知道这里面的名堂。

那次贾母带着刘姥姥游览大观园，表面上是在交代各处房子的环境和里面的摆设，我们看见的却是各人的脾性。

翠竹夹道，石子漫路，苍苔点点，房里似乎只是一架一架的书。这只能是林黛玉的潇湘馆。区别于黛玉家的清幽，宝钗的家只得素净二字。除了案上一个土瓶子里的几枝菊花外，房里竟没有任何摆设；帐幔衾褥也是十分素朴，整个蘅芜院真如雪洞一般。至少在贾母眼中，这样的环境不吉祥。如果年轻女孩都住这样的地方，我们是不是就该住马圈呢？

雪洞不是更适合修行吗？住在雪洞里的人却对人参作假的内幕了如指掌，更神奇的是没有人觉得有什么违和感。

十二钗中宝钗和黛玉并列第一。她们一个是红粉佳人，一个是大家闺秀；一个忧郁多情，一个温柔沉静……其实她们之间的区别远没有自己想象的那么大。

至少有一段时间，宝钗和黛玉就像是一对意气相投的闺密。

刘姥姥进了大观园，贾母提议吃酒行令，黛玉失于检点无意间说出“良辰美景奈何天”，后被宝钗借机说了一番大道理。什么女孩家贞静第一，针线第二，诗词纯属旁门左道……一席话说得黛玉只有低头吃茶的份儿。

但这是一次相当融洽的互动，表面上是姐姐教育妹妹，实际上，是姐妹第一次走近对方。黛玉甚至上来搂着宝钗撒娇，其亲昵之情如两个感情极好的亲姐妹。

接下来大家商讨该给惜春画园子批多久的假。那天黛玉心情大好，话语也格外生动有趣：园子盖了一年，画它自然得两年工夫啦，要研磨、蘸笔、铺纸、着色……又要照着这样儿慢慢地画——最妙的就是最后这句。看似废话，却应了惜春的荒废时光——因为惜春的“拖拉”在姐妹们看来也无异于浪费时间。

表面上最淡，细品却是最有味的——这样的知音姐妹中也唯有宝钗堪当。

然而宝钗与黛玉之间的友谊只是存在了一瞬间——如

果没有宝玉，大观园中的宝钗和黛玉原本是可以成为真正的闺密的。

两人友谊的高潮出现在第四十五回，黛玉、宝钗由明争暗斗突然变成了须臾不能分离的好姐妹。那日秋霖脉脉、雨滴竹梢，仅仅是想着不能与宝钗相聚，黛玉一时竟愁肠百结，遂成《秋窗风雨夕》——秋花惨淡秋草黄，耿耿秋灯秋夜长……声声带秋，缠绵悱恻。

但真正左右黛玉情绪的始终是宝玉，最终影响钗黛友谊的也只有宝玉。

不管她们曾经多么亲密，但说到底，宝钗和黛玉不是同一类人。宝钗大部分时候内心里认同的就是当时社会的“普世价值”；黛玉更单纯的生活经历和骨子里的高贵成就了她的绝世孤高。

“我一生与诗书做了闺中伴，与笔墨结成骨肉亲。”黛玉本质上是个文人。她伶牙俐齿却敏感而自卑，但全世界都知道她心里爱着宝玉，尽管这在当时是惊世骇俗的。

黛玉心里从来就没有什么仕途经济与孔孟之道——她只有一颗被爱情浸透的心。

而当她与宝钗之间还夹着一个宝玉时，事情就变得无比复杂了。那次看戏宝钗提前退场，她说自己怕热，宝玉便拿她比杨贵妃，宝钗说自己倒是想做杨贵妃，只是没有一个杨国忠做哥哥！那几乎是薛宝钗仅有的一次情绪失控，究竟是什么触到了她的痛点？宝钗唯一的一次发怒跟爱情有关吗？我们相信它至少与宝玉有关。

但我们由始至终都不知道宝钗心里到底有没有宝玉——有时觉得有，一分钟后又觉得没有。如果两人之间既有的吸引力并不能让你立即投进对方怀抱的话，那么这种吸引力依然是可疑的。

《小王子》一直就是一个爱情故事……

狐狸问："在那个星球上，有猎人吗？"

小王子说："没有。"

"这很有意思。那么，有鸡吗？"

"没有。"

"没有十全十美的。"狐狸叹息地说道。

林黛玉就是这只狐狸吧。大观园里有她的前世恋人，不完美的是这里也有一个宝钗——而且这个女人看起来比自己更有魅力。

对这段木石奇缘来说，前世的"约束"只是一根稻草，金玉良缘却是一片汪洋大海。在宝玉这个"猎人"面前，黛玉就是那只成了精的"狐狸"！他们通过互虐而完成此劫……问题是在这个"星球"上，无可避免地掺杂进去了世俗的标准——在这个评价系统中，薛宝钗才是更合适的选择。

元春不是这一规则的制定者，她只是一个同谋。除她之外，老祖宗、王夫人似乎都坚定地站在了宝钗一边。

王熙凤仅仅是一个无关紧要的骑墙派，她要兼顾老祖宗和王夫人的利益。坚持站在黛玉身后的似乎只有紫鹃，但她只是一个丫头——就像曾对尤二姐、尤三姐大肆泄露大观园秘密的兴儿一样，他们只能看见表面现象。作为准姨娘的袭人从自身利益考虑，宝钗显然是一个好的“宝二奶奶”。

在这里根本没有爱情的空间。

是宝姐姐还是林妹妹，表面看似乎跟所有人都有关。但他们跟宝玉关心的不是同一个问题。

如果让贾宝玉穿越到今天，在一众亲友安排下参加一次相亲活动——在宝钗和黛玉之间进行选择，你猜他会不会选黛玉?

这是林妹妹的问题，还是相亲的问题?无法否认的是，许多人正是以“相亲”的思路帮宝玉选择了宝钗。它注定了故事的下半场：一个在林中“挂”，一个在雪里埋。

一个有停机断线之美德，一个有风起柳絮之奇才。在宝玉与黛玉的故事里，他们从小一个桌上吃饭，一张床上睡觉的耳鬓厮磨似乎比灌溉前缘更具杀伤力。但在成人社会，这依然不值一提。

林妹妹精彩的人生轨迹始于遇见宝哥哥。她曾经认定那是一段奇缘，她庆幸自己离开家乡来了大观园。

大观园里曾经的时光是如此美好。宝钗闯进来了，人们才发现风华绝代的黛玉并不完美。比起宝钗的温柔随和，黛玉的小性子实在让人难以容忍。

除此之外，她的实用价值接近于零。宝玉因为胡闹被父亲几乎打死，除了老祖宗和王夫人，所有姐妹都贡献了眼泪。但是“贡献”最大的黛玉却没有忘记奚落宝钗：哭出两缸眼泪也医不好棒伤。实际上宝钗是因为薛蟠的无理取闹哭的，但她“懒得”解释。为了医棒伤，宝钗第一时间送来了家传药酒，黛玉只是提供了她的标配：眼泪——这一次加大了剂量。

但是对宝玉来说，药酒毫无意义，林妹妹的眼泪才是真正的特效药……

我们回过头看，还泪之说也没有想象的那么重要，它只是对一见钟情的一种解释。事实上，没有三生石旁的那段“孽缘”，他们依然会选择对方。

一个是混世魔王，一个是阆苑仙葩；他们因为相知而相爱，因为相爱而让他们成为相互拯救的人。相对而言，癞头和尚的“夹带”之说只是作者有意设定的一团迷雾，也是一通贾雨村言罢了。

我们还可以试着让薛宝钗从书中“穿越”出来，就像史湘云化身为脂砚斋一样。假如让薛宝钗站在读者的角度，她会如何看待贾宝玉呢？宝钗只是因为和宝玉没有前缘吗？

撇开前世，狐狸与猎人的“二人”世界建立在他们之间的驯养关系上。狐狸有很多，猎人也很多，但只要没有驯养与被驯养，他们之间就是路人甲与路人乙——宝玉与黛玉相爱相知首先要追溯到三生石畔的浇灌与被浇灌。

“我与他若是今生没奇缘，为什么合一个心肝合一副肠？若是今生有奇缘，为什么隔一座高山隔一堵墙？”三生石畔的约定真的可以左右今天的局面吗？

宝玉第一次见到黛玉就问她有玉没有，黛玉不仅没有父母和兄弟，玉也没有——这是最糟糕的一次一见钟情。

黛玉无“玉”，却也跟和尚有缘。三岁时家里来了个癞头和尚，说要化她出家，否则那病是一世不得好的。我们不能确定的是这和尚是不是携“玉”进入温柔富贵乡的那位癞头和尚，但我们不会去怀疑黛玉这个故事的真实性。

宝钗有一个跟“玉”一样的宝贝——金锁。关于这件宝贝，也有一个跟“玉”一样离奇的故事。故事的主角也是一位癞头和尚——和尚的话通常不合逻辑但绝对不容怀疑。

有关宝钗那个金锁的故事，讲述人是宝钗的贴身大丫鬟莺儿姑娘——她自然也是从宝钗那里听来的。但这样的故事借由第三方之口讲出来，那效果通常也是最好的。

薛姨妈曾经跟王夫人提起过这段“古”，和尚说日后有玉的方可结为婚姻。薛姨妈有为女儿提亲的意思吗？事实上，心思单纯的薛姨妈一直都相信那根看不见的红线牵着的是宝玉和黛玉——我们几乎可以肯定，有关金锁这部传奇小戏的策划者就是薛宝钗本人，连薛姨妈也是“听说的”。

只要所有人相信薛宝钗有一把金锁以及背后的故事，她的未来就是可以预期的。

书中那一僧一道从头至尾穿起了无数人的命运，他们也是最有可能说出真相的人。但是度化甄士隐、贾瑞和柳湘莲时都是那位跛道一人现身，那个癞头和尚真是那位赠“锁”的人吗？

除了金锁，宝钗天生还有一种“怪病”，不知花了多少银子，都不见效。同样是那个癞头和尚传了一个琐碎死人的方子，叫作什么冷香丸，效果竟然不错。黛玉和宝玉调笑时还问过宝玉为什么没有“暖香丸”——冷香丸的故事已经家喻户晓了吗？

这件事是薛宝钗亲口说给周瑞媳妇听的，作为配角的周瑞媳妇那天配合到位，宝钗的表演也十分精彩。因为方子太过离奇，宝钗的演说中多少也有些卖弄和优越感。更要紧的是，这件事似乎就是为了凸显那个癞头和尚的神奇——方子如此效验，金锁之言也该不虚吧？

只是这样的“故事”何苦要大张旗鼓地讲给周瑞媳妇呢？

周瑞媳妇听完故事回到家里，见到女儿正在家里等她呢（这是她女儿唯一的一次出场）。原来女婿被人陷害，惹上一桩官司，需要周瑞媳妇出面去摆平。

那女婿是谁呢？就是冷子兴。长安著名古董商人，贾雨村的好友。我们正是通过冷子兴的“演说”才知道荣国府里那些曾经的人物和故事的——冷子兴的素材只能来自他的岳母周瑞媳妇。

相信薛宝钗的“故事”也会经由周瑞媳妇传至冷子兴，再扩散至天下人的。按这样的逻辑，《红楼梦》结尾部分还应该有一回“冷子兴情解大观园”，重点是宝玉和宝钗的家庭生活花絮——其中这把传奇的“金锁”肯定是一个关键道具。

比起“还泪”的荒诞不经，金锁的故事算是靠谱多了。就算宝姐姐未必有如此深的心机，但她确是笑到最后的人。

“纵然是齐眉举案，到底意难平”，尽管心里有一万个不舍，木石前盟终究只是一个模糊的跟前世有关的传说。金玉良缘肯定不是最完美的，但此时的宝玉已经足够成熟，他知道美中不足才是世间的普遍规则。

如果没有贾府被查抄这一次重击，宝兄弟和宝姐姐的家庭生活应该会持续很久很久。其间，宝玉一样会妻妾成群、子孙绕膝；他也会像当年的贾政一样逼着自己的儿子读书进仕。我们不该忘记，若干年前贾政也曾是一个诗书放诞之人。

贾宝玉接受了命运的安排，但这并不影响他把林妹妹在心里安放很久——就像他会把晴雯那两根红指甲保存很久。

如果宝玉真是奉旨成婚，薛宝钗就是贾元春一见钟情的人。

元春进宫时，宝钗还没出场，元春省亲时她们只是一面之缘。但元春似乎已经掌握了黛玉、宝钗不少信息。省亲后不久，元妃在赏赐节礼时特意将宝玉和宝钗归为一个等次。其实在元春省亲之前，宫里就准许妃嫔的亲眷可于每月十二日进宫看视。老祖宗行动不便，王夫人和凤姐是进宫的合适人选。

一定是有人假借娘娘的名义操纵了宝玉的婚姻。从本质上看，贾宝玉是一个虚无主义者。四书五经规定的框架真的有意义吗？祖宗的荣耀一定要延续下去吗？

问题是宝玉婚配的决策权不在自己手上。

黛玉还是宝钗？这是一个问题。但宝玉心里一直有他的选择，大观园里几乎每个人都有自己的判断。到了最后——黛玉惨死，宝钗惨活——发现第一和第二之间事实上没有什么区别。

最后的结局却大出所料，宝玉可以有所作为吗？

宝玉与宝姐姐点亮了花烛，林妹妹只求速死。

连贾政看见贾环偶尔都会心生厌恶，在这位宝姐姐眼里“宝兄弟”和“环兄弟”却是一样的。所有人都知道，薛宝钗的诗才甚至在黛玉之上，但她总是轻描淡写地告诉别人，女孩子贞静才更重要——这真的很好玩吗？

但在宝玉心里，毫无疑问，黛玉才是这个万里挑一，而且是唯一。

通行本中调包计是一个弱智的决策。凤姐智商肯定没那么低，老祖宗也不至于这样糊涂。红盖头遮得住新奶奶，只是忘了为爱情预留一丝喘息的空间。

若干年前，那癞僧跛道曾大施幻法，将一块无缘补天的顽石瞬间变成了一块晶莹剔透的美玉。今天，宝玉掀开新娘的红盖头之后，林妹妹恍惚间变成了宝姐姐——宝姐姐就是林妹妹的幻象吗？

“老祖宗呀，我天下万物无所求，只求与妹妹共死生。”

在更加经典的越剧版《红楼梦》中，此时所有的音乐都停了下来，天地间只剩一个绝望的哭声和一个伤心的人。

一句“林妹妹，我来迟了……”将人世间亘古以来男女之情提升到了一个前所未有的高度，在这个高度面前我们该自惭形秽，因为我们总是有太多的算计和权衡。

“把断肠文章付火焚！”还有那块为我们揩过多少泪痕的旧帕子……诗帕未变人心已变，一切都像那转眼间花飞花落花满天的易逝青春。

在当时的环境下，贾宝玉不可能是拯救林黛玉生命的人，但他却在一定程度上拯救了她的人生。

寄人篱下的人生似乎千疮百孔，一个“痴儿”宝玉让林妹妹成为全世界最富有的人。

宝钗、湘云她们无疑都是大观园中的“脂粉英雄”，但在宝玉看来最清净的她们有时说的也都是混账话，袭人、晴雯她们则连字也不识。所有爱他的人都在照顾他的生活，没有人觉得他会有精神需求。

万千宠爱、锦衣玉食的贾宝玉也是大观园中最孤独的人。

究竟是哪里出了差错？为什么最后只剩下一个宝玉在与全世界对抗……一种病连着两个人，在宝玉这里与林妹妹拜堂成亲乃天下第一满足的事情，得此满足便是全部。之后的日子是一天，还是一百年又有什么区别？

黛玉是唯一的知音——且他们神交已久，是真正的灵魂伴侣。

从这个角度看，林妹妹也是拯救宝玉人生的人。

端午节贵妃的赏礼只有宝钗和宝玉是同一个等级，宝玉甚至怀疑是娘娘把黛玉错成宝钗了。接着，宝玉见到宝钗时便想看看她得的红麝串子跟自己的是不是一样。宝钗生的肌肤丰盈，褪取串子时，宝玉无意间瞥见宝钗那一段酥臂时，不觉动了羡慕之心。

对宝玉来说，宝钗的价值似乎就是那一段酥臂了。

宝钗扑蝶乃是“红楼十景”之一。如果惜春那幅以大观园为主题工笔画完工的话，相信里面不应该缺少这唯美一幕的。

艳冠群芳的薛宝钗本身就是一只美丽的花蝴蝶，相对而言，林黛玉只是一只小蜜蜂。问题的本质却是贾宝玉也是一只蜜蜂，他当然可以在花丛中穿梭，但他最终只能跟蜜蜂一起生活。

大观园里的悲剧在于小蜜蜂最终娶了一只花蝴蝶。

在宝玉那里，如果说他有一点私心的话，仅仅是希望林妹妹这只小蜜蜂也能长一双蝴蝶一样美丽的翅膀，就像宝钗的那一段酥臂最好能生在林妹妹身上——但是要他跟蝴蝶共度余生，就像是让他跟一只香芋生活一辈子。

惊鸿一瞥间，《红楼梦》里的时空

贾瑞的人生还没有真正开始，现在似乎就要结束了。但是没有凤姐的人生又有什么意义呢？

贾瑞的好运气突然降临了，风情万种的凤姐来到了他身边……贾瑞的最后时光就是他的人生巅峰，凤姐加骷髅，如此三番四次，那是何样的热闹？及至两个人走进来，拿铁锁把贾瑞套住……无比不堪的人在另一个时空中疯狂了一把之后，只把不堪留在了世间。

这件事的复杂性却在于，在旁边服侍贾瑞的众人眼里，房间里、病榻上刚刚发生过什么事情呢？——只见他先还拿着镜子照，镜子落下来，他仍睁开眼拾在手内，末后镜子落下来便不动了。

这里显然有两个时空：一个是贾瑞专属的，一个是贾瑞身边下人的。究竟哪个是真的？凤姐、骷髅、拿铁索的人，还是一块普通镜子？

贾宝玉怀疑过自己走进的太虚幻境是假的吗？

贾宝玉是从秦可卿的房中“进入”太虚幻境的，在梦中见到她顺理成章。接下来，宝玉在警幻仙姑的导引下，翻看了十二钗的册页，品了仙茶，饮了仙酒，再听完十二支红楼曲子，最后与可卿成婚……光怪陆离一大篇文章，在秦氏那里却是刚安顿好宝玉躺下，正嘱咐小丫头们好生在廊檐下看着猫儿狗儿打架呢。

时间在这里发生了明显的扭曲。宝玉的时间是遍游太虚幻境，见证仙界的万艳群芳，大观园里所有女子的悲剧命运，并领略过仙闺幻境中的旖旎风光……属于秦氏和那些小丫头们的时间似乎是停滞状态。

游历太虚幻境与看猫儿狗儿打架究竟哪个是真的？我们通常的描述跟贾瑞一样，贾宝玉只是做了一个比较曲折的梦。但梦里的情节就是假的吗？它与现实世界有什么关系？

甄士隐经由那次白日梦进入的太虚幻境，跟贾宝玉去的是同一个地方吗？日有所思，梦有所见，甄士隐在梦中见到的一僧一道一转眼从梦境中来到了甄士隐身边。——这样的时空穿越事件究竟是怎样发生的？

梦中所见自然是假的，甄士隐在街上见到的那一僧一道呢？他们竟然是不受时空限制的自由人。二人手持一块通灵的石头从大荒山无稽崖下，直接跨越“几世几劫”后进入了甄士隐的梦境；梦中的甄士隐跟随他们来到了太虚幻境，他甚至还摸到了那块五彩的宝玉……一声霹雳之后，甄士隐便堕入了现世。紧接着，他抱着女儿英莲去逛集市，那僧道竟然追随他到了集市，说是要度脱英莲……天上人间，他们经历了几重时空？

每当故事无法进行下去的时候，赶来“救场”的还是这两个穿越者。赵姨娘在马道婆的帮助下，用魔法几乎将宝玉、凤姐置于死地，是这一僧一道化解了危机……当年劝黛玉出家的是他们，为宝钗送药方的是他们，日后接柳湘莲入空门的还是他们。

僧道就是已经找到“虫洞”的人，他们随时可以将时空折叠。

一僧一道代表的是另一个世界，他们穿梭于人间与神界，为我们呈现的是一个立体化的多重时空。在传统中国社会，每个人都相信，一沓普通的纸借助于火光便可以抵达冥府——它在逝去亲人的手里变成了可以消费的钞票。

被贾瑞搂在怀里的凤姐肯定是假的（但在那个世界是真的），骷髅也是假的。那面魔镜将两个迥异的时空连接在了一起——是凤姐还是骷髅，似乎也只在我们的一念之间啊！

在那些下人眼里，贾瑞刚刚只是做了一个粉红色的梦。换个角度看，无论结局如何，手持风月宝鉴的人都是有佛性的，因为贾瑞在某种情况下看见了另一种真相——而我们只是服侍在贾瑞身边的下人，在我们眼里，那就是一面普通的镜子。

《红楼梦》始于梦，终于梦，并以梦的名义布散天下，我们在觉梦之间真正了悟的是真与假的秘密。

当我们穿行于大观园的时空隧道中时，该如何完成自己“梦的解析”？

第一回书交代此书之来龙去脉，第二回借冷子兴口提供了一份贾府人物关系图，第三回黛玉进贾府，第四回宝钗出场，第五回十二钗全数登场。《红楼梦》前五回已经是一个完整的世界，而真正的红楼故事是从第六回刘姥姥一进荣国府开始的。

进入太虚幻境的贾宝玉是七八岁，刘姥姥一进荣国府时，贾宝玉已经十三四岁了。其间有时间上的跨度，但它们也可能分属不同的时空。如果《红楼梦》终结于第五回，它依然是完整的。

整个红楼故事就是一个梦……梦一直在向我们呈现另一种真相。太虚幻境与大观园都是金陵十二钗毁灭的地方——太虚幻境也是一个大园子……站在大观园看，太虚幻境自然是假的，可在警幻仙姑眼里，大观园才是假的。

宁荣二公之灵是在哪里遇见警幻仙姑的？秦（氏）可卿和贾宝玉是什么关系？警幻仙姑的妹妹与秦可卿是同一个人吗？在我们眼里，太虚幻境和大观园都是假的呀！

我们不知道青埂峰下那块石头上的字是谁刻上去的。

巨石上的文字是在为我们呈现人类心灵深处最隐秘的角落吗？

我们的体面，我们的不堪

在贾母的世界里，原本没有刘姥姥的位置——这位乡下老寡妇的出现，却在一定程度上拓宽了老祖宗的人生。

老祖宗的世界是由体面组成的，整个贾府都是无比体面的，刘姥姥的出场，在很大程度上只是为了以她的不体面去凸显贾府的体面。贾府上上下下的体面需要的是被“看见”，于是故事开头就有了——刘姥姥一进荣国府。相对于荣国府的富丽，大观园自有其别致的地方，于是，我们看见这位姥姥又来了。

在见识过金门玉户的体面生活后，刘姥姥自己的人生会有什么不同吗？在刘姥姥简单、自然、略显粗俗的方式影响下，老祖宗对体面的理解肯定更深刻了。

比如——可以用凑份子的方式给凤姐过一次生日。凑份子肯定是不体面的，老祖宗则倚老卖老，因为她终于活到了可以不体面示人的年龄。事实上，这种不按套路出牌的风格正是源于她的本性——宝玉、黛玉、妙玉都是这样不合时宜的人，只是他们的资历不足罢了。

在贾府，凑份子过生日当然是惊世骇俗的。王夫人、邢夫人永远都跟不上老祖宗的步子，尤氏心里甚至是抵制的——她甚至不能从那些丫头嘴里听到“凑份子”这几个字。

凤姐却是唯一从心底支持这件事的人。

生日是众生的庆典。对所有人来说，生日都是大事。宝钗生日事关大家族里的各方利益，自然需要小心权衡；宝玉生日时怡红院里的狂欢则让我们仿佛回到了青春的大学校园；而就排场论，由贾母亲自策划凤姐的生日派对，在荣国府才是天大的体面。

李纨和尤氏谁更适合操办凤姐的生日派对呢？贾母指定尤氏全权负责此事，算是赋予尤氏的某种体面，二十两的月钱则是贾府给未亡人李纨最大的体面。老祖宗也是一个未亡人，不同的是她早已接受了自己的身份，而且她是至高无上的老祖宗。

尤氏与凤姐很多时候就像是一对感情极好的姐妹，由她来操办凤姐的生日是适当的安排。

在传统中国家庭里，妯娌之间的关系总是无比微妙的。一方面她们是平行的两个时空，另一方面，在大家庭中，代表各自小家庭的两个女人之间还要涉及实际地位排序、财产分割等敏感问题。

这就是为什么我们常常看见尤氏、李纨好像跟平儿的关系更亲密。平儿只是凤姐的通房大丫头，不涉及更多利益。此外，是她的一言一行、一颦一笑为自己赢得了足够的体面。李纨曾直言：凤姐、平儿主仆应该换个个儿！

照理，凤姐跟李纨的关系应该更亲密，因为贾琏与贾珠在血缘上比贾珍近了不少呢。李纨属于寡居，大家能给她的最大体面就是尽量不去打扰她。

给亲密的人留出适当的空间，成全的是所有人的体面。

为凤姐生日凑份子远不像表面那么简单，它所涉及每一个事项的核心都是上下尊卑。

在贾府能混上一个座儿的人肯定都是人生赢家，大部分人不仅混不上座儿，甚至连为凤姐出钱的资格都没有。这跟尊卑有关，但有时候，它牵扯到的是一个人的体面。

作为下人的赖嬷嬷在那些年轻主子面前率先坐下来了——这当然是主子们给予奴才最大的体面，事实上，这何尝不是那些主子给自己的体面呢！

出资多少也是一个跟体面有关的问题。老祖宗出二十两是因为她无可替代的江湖地位，薛姨妈的二十两跟薛家的财力无关，那是对客人的一种尊重……责任与能力无关，只跟体面有关——只有儒家文化熏染下的我们方能明白如此高深的道理。

对大奶奶李纨的豁免，体现的是家庭成员之间比亲情更纯粹的善。这样的善意由凤姐来表达，首先是对老祖宗家长地位的某种维护。凤姐更得体之处在于，李纨那份由她来出——而不是让“官中”受损。

尤氏对凤姐代李纨出的这一份穷追不舍，是为了证明自己对凤姐人品的不信任吗？凤姐在讨好过老祖宗后又想省下这份银子，固然是凤姐的小聪明，尤氏戳破它只能证明她比较了解对方。除此之外，那更像是为了在向平儿退款之前，先占据某种道德的上风：你不遵守规矩，我退平儿钱你也别管。——跟小气没有关系。

即便是这样，尤氏对向平儿退款行为的解释却是——就这还使不完呢！尤氏接着表达自己的诚意：如果不够，我替你添上。——同样是不让“官中”受损。无论“官中”

还是“私房”，都是大家的体面。

平儿的体面在于，她不接受退款的理由是——若剩下了再赏我也是一样的。

尤氏退鸳鸯款是同样的理由——这还使不了呢！退赵姨娘、周姨娘款时，主要是消除她们对凤姐的忌惮：有我应着呢。

秦可卿虽然美好，只是她身上疑点重重。尤氏在书中戏份不算多，这一次与凤姐的“斗智斗勇”，以及她体面地退还几位弱势者份钱的行为，让我们看见她应该就是宁国府那边最体面的人儿了。

在刘姥姥面前，贾府上下都竭力展示了自己身上最美好的那个面。刘姥姥的出场就是为了成就所有人的体面，而她自己意外的收获很大程度上得益于老祖宗的姿态。凤姐的善良、体贴跟她往常凌厉的做派有一定的差距，但我们相信这也是她内心的一部分。

凤姐善待刘姥姥肯定有迎合老祖宗的成分，平儿、鸳鸯她们就要真诚得多。她们一方面真心实意地帮助着那个贫婆子，另一方面又以不显山露水的方式而避免陷对方于难堪中——这才是两个女孩真正体面的地方。

让刘姥姥当众出丑是鸳鸯亲自安排的，除了提前声明是为了讨老祖宗开心之外，事后鸳鸯又一再致歉。

接下来，凤姐回送给刘姥姥的东西堆了半炕，这算是一种补偿吧。最动人的是，平儿将自己穿过的衣物送给了姥姥（妙玉的“讨厌”在于她不能接受跟刘姥姥发生任何关联，包括一个使过的杯子）。刘姥姥自然是不好意思的，平儿安慰对方的方式是拉近彼此的关系——咱们是一样的，我也这样。她进一步消除刘姥姥顾虑的方式是——我还和你要东西呢……

鸳鸯的善良则是用开玩笑的方式完成的。贾母送刘姥姥的东西里有两个包在荷包里的锞子，鸳鸯故意掏出锞子对刘姥姥说：荷包拿去，这个留下给我罢。见姥姥信以为真，鸳鸯便说：哄你玩呢，我有好些呢。就是在这种轻松愉悦的氛围中，刘姥姥完美的大观园之行顺利结束。

每个人都自然而然地展示着自己的体面，并竭力成就别人的体面——这样的地方该是多么鲜活而美好啊。

但美中不足永远是世上最大的道理。《红楼梦》中最不堪的事情就发生在凤姐生日宴会的最高潮部分——贾琏私会鲍二家的场景几乎就是全书最不堪入目的一幕。

在老祖宗的带领下，大家为凤姐凑了一百五十两的生日经费。这当然是凤姐的体面——一百五十两为她铺就了通往人生巅峰的道路。

但它可以对冲贾琏带给她的那份不堪吗？在卑微的鲍二家的面前，一百五十两的体面瞬间便归零啦。

事实上，关于体面，刘姥姥心里是有另外一套账的。大观园里吃一顿螃蟹就是庄稼人一年的开销，这跟大观园自身的富丽带给刘姥姥的冲击是一样的。但这些只是坐实了乡下人对城里人日常生活的想象——原来是看画，现在是亲自走在里面了。

而真正在这位姥姥心中激起波澜的却另有其事——“别的罢了，我只爱你们家”这行事。那时贾母吃毕饭往别处说闲话去了，李纨和凤姐面对面坐下来吃饭。

乡下人赶季节也去河里捞螃蟹，只是没有大观园里那么肥美而已。这该谁先吃、谁后吃的“礼”却是村里决然没有的。这才是刘姥姥见识过的最大体面。

无数的事实显示，人们不仅会自我美化，而且对此深信不疑。我们深信，离开大观园的刘姥姥一定变得更美好了。

我们不知道老祖宗是在什么时候突发奇想，决定以凑份子的方式为凤姐庆祝生日的，但它肯定跟刘姥姥有关。也许是在这位老寡妇头上被插满折枝菊花的时候？是她高声说出吃一个老母猪不抬头的时候？抑或是这位乡下老妇人即兴赋诗的那一刻？

“母蝗虫”的典可能会成为那些体面人的饭后谈资，但那也仅限于私下。每个人都有自己的盘算，也都有自己的心事，但一切都被适度地控制在某个范畴之内：上下尊卑皆依附于成规，它既是每个人的体面，也是我们安全感的来源。但我们如果没有借此了悟体面与不堪并非必然，刘姥姥就算白来了这一趟。

而真正值得我们警醒的也许是以下问题。在故事的最后，是什么力量将这样一群无比体面的人一同甩入了不堪的深渊？那些金枝玉叶在生活中竭力展示出自己人性中最美好的一面之后，为什么依然无法得到最终的救赎——千红一哭、万艳同悲。

如果每个人都无法超越自己的阶层——无论是体面，还是不堪，究竟该以何种面目示人？

第五回里警幻仙姑的妹妹取名叫“兼美”，她兼有宝钗之鲜艳妩媚，与黛玉之风流袅娜——她们一个代表俗世的烟火气息，一个指向灵魂世界。在现实人生中两者当然无法兼得——太虚幻境曾经给了宝玉一次绝无仅有的机会。当他回到凡间时，等待他的似乎就只有那个薛宝钗了。

表面上看，选择一直都在，要么是黛玉，要么是宝钗。我们曾经以为她们是不可调和的，她们就像是不同世界的两个物种，宝钗代表着现实，黛玉指向的是超越意义。——但两者之间真有那么大区别吗？就像风月宝鉴的正反两面，就像甄宝玉和贾宝玉，就像善恶真假，就像我们的体面与不堪……当我们开始打破它们之间的界限时，才真正圆满了。

“晴雯那蹄子是块爆碳”

袭人的目光始终追随着宝玉，在她心中宝玉安好便是晴天；但宝玉的目光常常被晴雯吸引。

在怡红院乃至整个大观园，晴雯都是一个异类……她大大咧咧、轻狂无忌的做派与周围屏声敛气、小心翼翼的氛围形成明显反差。大观园真的为她预留了生存空间吗?

晴雯的人生表面上是被王善宝家的毁掉的。大观园里发现不明敏感物绣春囊，王夫人感觉事态严重。王善宝家的却趁机参了晴雯一本——晴雯在最糟糕的时候进入王夫人的视野，这就注定了她的悲剧人生。让人惊奇的是在此之前王夫人根本就不认识晴雯。晴雯出主意让宝玉装病那次，上夜的婆子说没有发现异常，晴雯便以去回太太相威胁。她真正想告诉那些婆子的是，她跟太太关系密切。

主子跟奴才之间距离遥远，但我们还是很难想象晴雯作为宝玉排名第二的大丫鬟，王夫人竟然根本就不认识她——她还是老祖宗安排过来的人。

晴雯在盛怒的王夫人面前刻意强调了这一点……她知道她这一身份在一定程度上就是她的护身符。晴雯肯定不算是会说话的人，此时抬出老祖宗，分明是来压王夫人的。作为荣国府当家人的王夫人肯定不吃这一套——那我就回了老祖宗再撵你！

事实上王夫人撵晴雯并未请示老祖宗。王夫人只是在晴雯死后才轻描淡写地知会老祖宗，说晴雯害“女儿痨”病死了。

王夫人真的完全无视晴雯曾经是老祖宗身边人这一身份吗？我们相信她在向老祖宗解释撵走晴雯时心里也是七上八下的。

王夫人跟老太太正式谈论晴雯，这肯定是唯一的一次。王夫人投诉晴雯主要是两方面的问题：女儿痨、不稳重。

“女儿痨”的说法太恶毒了。没有人可以牵扯到这个白色瘟疫后还有机会留在大观园里，王夫人这个谎言惊天动地又缺乏任何证据，奇怪的是老太太并没有深究。王夫人大概也觉得她需要一个更有说服力也更真实的理由向老祖宗交代。她给晴雯定的第二条罪状是——不稳重。

模样、言谈、针线这三样晴雯皆是丫头中的头牌，老太太把她安排给宝玉是相信这些正是宝玉需要的。再加上闷葫芦的袭人，宝玉身边有了这两个“跟前人”，老太太觉得自己可以放心了……

稳重是老祖宗对花袭人的要求，除此之外，老祖宗还希望她的宝玉身边有一个标致而伶俐的人，这个人就应该是晴雯。我们是否可以说，老祖宗既不希望宝玉成为贾赦那样放浪的人，也不希望他成为第二个贾政。如果没有袭人的温柔沉静，宝玉有可能变成另一个贾赦；缺少了活色生香的晴雯，宝玉也有可能成为另一个贾政。

袭人和晴雯，她们一静一动、一文一武，最终将成就宝玉进退有度、沉稳却不失情趣的美满人生——这有可能就是老祖宗的百年大计。

现在晴雯被清除了，老太太会“纠正”王夫人吗？毕竟晴雯的分量不够，若为一个丫头跟副手翻脸，那就不是老祖宗了。但是做副手的永远应该记住：没反对，不代表心里赞同你。

十六岁玉碎的花季少女，五年八个月的恣睢人生——

晴雯能说是事业有成吗？但宝玉就是这么认定的。他定义中的事业有成，是指晴雯最终成了芙蓉花仙。

一个尚未完全成年的女孩子有什么差错不能原谅呢？何况她确实没有触犯什么天条。这也是晴雯死前无论如何也想不通的。她并没有私情蜜意去勾引宝玉，自己模样虽生得“略好些”，但这怎么就成了死罪呢？

抄检大观园是一次标志性事件，它将所有人视作潜在敌人，方式生硬。入画本无大错，却碰上了狷介的惜春，被坚决退回。迎春的头牌丫头司棋犯的确是“死罪”，临走时又拉拉扯扯、哭哭啼啼，被办事的周瑞家的再加了许多难听话，司棋属于自取其辱……更不堪的是这些正好被宝玉看见。他可以做什么吗？山雨欲来，同为“副小姐”的晴雯显然就是下一个羔羊。这是宝玉第一次感觉到无能为力，即便是他最心疼的女人正在遭受摧残。

跟宝玉感受不同的是，听闻这一消息的婆子们直呼阿弥陀佛——老天有眼，除了这个祸害妖精，大家清净！

好在晴雯从未将那些婆子们放在心上，她有宝玉就足够了。

明儿我们都走了——几乎是晴雯挂在嘴边的话，不管谁试图靠近宝玉，她就拿这句话发出威胁……她说的是她们跟宝玉的关系。她在强调自己的不可替代性，也是她自我重要感的表现。

那次跟宝玉拌嘴，宝玉竟然以撵走她的方式来解决纷争，这伤到晴雯的心了吗？那似乎就是在无意中提醒她的真实身份！“凤凰混在乌鸦队”，但凤凰就是凤凰，乌鸦永远是乌鸦。尽管把门关起来，宝玉很乐于扮演她们的小厮，但打开门他就可以要她们的命！

怡红院里似乎只有晴雯不明白这个大道理——即便在宝玉面前，如果一味耍性子的话，她也有可能因作过头而自取其辱。更糟糕的是晴雯还私自将耍性子的范围无限放大了。

这样的人是要付出惨重代价的。晴雯深知自己在宝玉心目中的位置，就像“撕扇”那次，她大概以为自己就是烽火戏诸侯那天的褒姒吧；宝玉一番开心就好的大道理似乎是在授予晴雯某种特权。

但宝玉是周幽王吗？在纵容晴雯胡闹时，他像周幽工一样“昏庸”，问题是王夫人才是真正的——王。

晴雯本来是可以靠本事留在怡红院的，比如她过硬的针线活。

但是晴雯靠补雀金裘“挣命”的道理还是让人疑惑。

书中为这事做了许多铺垫。先是宝琴出场，贾母喜欢得不得了，不但要求她跟着自己住，还逼着王夫人认了干女儿；下雪时，老太太将自己压箱底的好衣裳——凫靥裘送给了薛宝琴，接着是袭人因母亲去世回家不在怡红院，晴雯又如何病得严重；再是老祖宗如何郑重其事地送这件雀金裘给宝玉，却让他烧了个连专业裁缝都补不了的洞，偏偏赶上舅老爷生日，连老太太都去的，且命就穿这件去……

“晴雯准备补裘了！”好像老太太送这件衣裳就是为了表现一下晴雯的心灵手巧和对宝玉的一片真情。书中细节无数，这大概就是其中最不自然的一个了。

这件晴雯个人奋斗史中最重要的物证，后来到了袭人嘴里却变成了——孔雀褂子，不知道的人还以为是刘姥姥身上的一件什么破棉袄呢。一方面透露出袭人之“俗”（老太太送给宝玉时强调的是它的材料：雀金呢）；另一方面，在袭人看来这事也不像晴雯自己认为的那么惊天动地——不就是给一件褂子补了个窟窿吗？

晴雯补窟窿那次袭人没在怡红院。袭人的模样自然比不上，针线活儿也比不上晴雯吗？袭人曾当面揭露过晴雯——平时叫你做个针线，你都推三阻四的，那不也是宝玉的活？这一次不顾命地做给他，又是什么缘故？

面对如此犀利的袭人，晴雯满脸委屈！

不管别人怎样“误会”晴雯，我们都相信她是清白的。晴雯的“清白”之一，是她死在了前八十回；其二，借她嫂子灯姑娘的口最后还了她一个道德清白。

以延揽天下英雄为乐的灯姑娘应该不会轻易夸人的。晴雯的确不是狐狸精，她只是一直在要性子，包括她对小丫头坠儿的疾恶如仇——直到将自己作死。她在可劲作的时候，还记得自己只是赖家买来转送老祖宗的一个礼物吗？

晴雯的妩媚与风情似乎都集中在了她那双美丽的手上——针线活以及那两片太过扎眼的红指甲……两寸长的红指甲与过硬的针线功夫共同构成了晴雯的人生——明亮固然是好的，但她的形象始终停留在刺眼阶段！

宝玉心里自然很有你，但是这个世界并不是宝玉说了算，也不是每个人的心里都有你——正如你那两片通红的长指甲一样，在宝玉眼里自然是鲜花，而在王夫人眼里就是毒药！某些色彩从来就是主子专享的，谁准你一个丫头如此妖娆的？

晴雯最后用剪下来的红指甲交换宝玉一件小衣的行为本来就多余了，她还特意交代宝玉，如果有人问起，不用隐瞒就说是她的。她不清楚的是，关于她的那一段故事已经结束了。宝玉肯定不会向袭人她们提起发生在灯姑娘家的这段小插曲。

林妹妹最后满心里装着她的宝玉离开了这个世界，眉眼像林妹妹的晴雯则一无所有地屈死在灯姑娘家的芦席土炕上。我们唯一不明白的是，晴雯何苦最后要如此“弄脏”自己呢。

我们都相信晴雯那两片红指甲会被宝玉保存很久，但他们之间的情分也只有这么多了。

他们的最后一次会面是在宝玉的梦中完成的。晴雯托梦给宝玉说，她从此去了，并祝宝玉和袭人他们有一个美好的未来。

晴雯原本的算盘是：这个美好的未来也有她的一份。但她绝对想不到自己会在王善宝家的面前翻了船。先是老妈子聚赌惹得老祖宗发了雷霆之怒，绣春囊一事更是让王夫人如临大敌。就在这个关键时候，王善宝家的给晴雯下了个套——模样好、嘴伶俐、爱骂人，每一样都折在了王夫人心里。

在此之前，宝玉因备考不及，恐怕难以塞责，正焦躁时，小丫头金星玻璃跑进来报告说有人从墙上跳下来了。晴雯便心生一计，借故说宝玉吓到了，以躲避贾政问书。但“翻墙”在贾母看来是天大的事，于是她亲自查办上夜聚赌的老妈子们，然后就是绣春囊事件，王善宝家的带队抄检大观园，晴雯进入王夫人视野……事情最初是因晴雯而起，说起来她也算是咎由自取吧？

丫头们的世界原本就够绝望了，我们当然不指望晴雯会主动站出来，但她彻底失败的人生，对所有人而言都没有任何意义。

眉眼同样像林妹妹的尤二姐、尤三姐至少是在挣扎之后，自己决定放弃的。同样花为肌肤雪为肠的晴雯姑娘却被迫死在了那个名声极坏的灯姑娘家中。

我们可能很难理解面对晴雯的遭遇，宝玉就只能哭吗？王夫人发了雷霆之怒，宝玉可以去求老祖宗呀。老祖宗当然不会为一个丫头跟王夫人反目——即便那个丫头是晴雯，这跟王夫人为两个婆子“得罪”凤姐性质完全不同。

除此之外，作为纨绔子弟的贾宝玉还能做什么？

他看着晴雯被人架出怡红院，只是心里觉得十分迷茫罢了……其实就在不久前他自己也曾几乎把她撵走呢！

曾经无限美好的怡红院时光只是留在了他们共同的记忆中。

第六十四回，贾敬停灵在家，宝玉亦每日在宁府穿孝。那一日并无重要客人，宝玉便回怡红院。宝玉没进门，就跟边笑边往外跑的芳官撞了个满怀，芳官道：你怎么来了？你快与我拦住晴雯，她要打我呢。接着听见房里物品撒落一地的声音，随后晴雯追了出来：宝玉不在家，看谁救你！然后就撞见宝玉护住芳官求情。晴雯笑骂芳官是狐狸精变的，竟能拘神遣将了。原来是游戏中芳官输了又不肯受罚，因此被晴雯追打。

面对此种情景，作为怡红院的主人，宝玉十分欢喜：就怕你们寂寞贪睡，如此玩乐甚好！

问题是，如此鲜活的场景该是大观园中有的吗？就像恣肆烂漫的晴雯究竟该不该属于宝玉也让我们深感迷惑一样。

尤氏姐妹先后逝去，柳湘莲被道士度了，宝玉也被弄得情色若痴。这日清晨宝玉起床后正百无聊赖，袭人叫他去“劝架”。宝玉走到旁边一看，晴雯、麝月按住芳官在床上胳肢呢。三人被子不叠，大衣也不穿，晴雯骑在芳官身上，旁边麝月还在抓芳官的肋肢，芳官仰躺在炕上，两脚乱蹬，早已笑得喘不过气了。宝玉过来帮忙，四个人裹在一起“叽叽呱呱”，倒是十分热闹。李纨的丫头碧月来取手帕子刚好撞见这活泼泼的场景，便羡慕得不得了。

其实此时离晴雯被撵的日子已经没几天了。

晴雯已死，怡红公子一改往日颓势，突然变得才思敏捷、文如泉涌，一曲《姽婳词》百转千回、回肠荡气。这一次听说宝玉要作古体长歌，连无比拘谨的贾政都第一次对着宝玉展露笑容，还亲自执笔将宝玉的“代表作”誊写了出来。

这一切就发生在宝玉得知晴雯死讯的几分钟之后。转瞬间宝玉又将无限缠绵的情思切换到晴雯身上。芙蓉池畔，立地而成《芙蓉女儿诔》，长篇大论、风流奇异……加上林四娘词，贾宝玉一生之两篇“代表作”半日内已经全部出炉。

文采如此飞扬，确实显得有些轻浮而肉麻了。接下来再与黛玉推敲什么“红绡帐里”还是“茜纱窗下”——如此“消费”晴雯，已经属于恶心级别了。

是男儿薄情，还是晴雯一直都在自作多情？

“对方正在输入中……”对晴雯来说，如果对方是宝玉，那么她所有的等待都是值得的。但我们相信，贾宝玉一直都没有打算对她说什么——因为宝玉的“朋友圈”里根本就找不到晴雯的名字。

对晴雯来说，宝玉究竟有多重要？我们基本可以确认的是，晴雯死前“直着脖子”叫了一夜的娘。宝玉却是希望晴雯在离开人世的那一刻是一直叫着他的名字的。其实没有人知道晴雯的娘是谁，但她最后皈依的也只能是这个模糊的来处。

很多时候，晴雯只是宝玉心里的一个“小坏蛋”，晴雯自己也知道这一点。她的问题在于她把这一点看得太重了，以至于她忘记了自己是谁。

晴雯使性子的有效范围原本仅限于她跟宝玉之间，这个女孩却私自将这个空间扩大了。宝玉曾经强烈怀疑袭人是奸细，他始终不承认是晴雯自己把自己害死了。

什么芙蓉花仙，这只是一个丫头随口胡诌出来的。最后林妹妹死了，在宝玉看来也只是又多了一个花仙而已。宝玉真不知道这些都是他想象出来的吗？他选择相信是因为只有信的人，才可以得解脱。

贾母与凤姐，两个双向奔赴的人

作为荣国府里的“当家人”，王熙凤应该很享受这一角色。我们是否也应该相信，王熙凤对贾母的百般讨好只是为了更好地开展工作，以便更好地获得这种满足感呢？

贾母是贾府的最高领导人，她的绝对权威首先来自她的资历辈分。荣国府的贾赦和贾政是她的儿子，宁国府的贾珍已经是孙子辈。在那样的大家族里，即便是一位糊涂老太太，都会拥有相当的话语权。

凤姐只是一个职业经理人。荣国府中赦政两房并没有分家，贾母是当然的家长。她跟着小儿子一起生活，也符合中国传统家庭特别疼爱小儿子的惯例。荣府这边虽是贾赦袭着官，但元春娘娘此时却是整个贾府最大的光环。因为贾母的关系，贾政一房自然就成了整个荣府的核心。按荣府当时的情形，并没有适合“当家”的人（如果贾珠在，他或许是适当人选），贾琏料理家务属于帮忙性质。

但我们都知道荣府真正当家的却是王熙凤。她得到过正式授权吗？按书中冷子兴的说法，凤姐的模样标致，才干又突出，便是男人也万人不及的。贾琏娶了凤姐后，倒是主动退了一射之地——是贾琏能力不及，又或者他只是耍滑偷懒。

管理家族跟那些婆子打交道毕竟不是贾琏的专长，王熙凤却从中获得了极大的成就感和满足感。

为了这种满足感，凤姐还会主动钻空子，或者说是善于抓住机会，她因此曾短暂主政过宁国府。秦可卿大丧，尤氏生病，经宝玉推荐，贾珍充分授权，最关键的还是凤姐积极争取，她才有机会把宁国府闹了个人仰马翻，也正是宁府那个“烂摊子”才让我们有机会见识了凤姐的个人魄力与管理才干。在此之前，相信是她的理事能力获得大家普遍认可后——尤其是得到老祖宗点头，她才算是接任了荣国府“职业经理人”这一角色。

我们还相信这种“授权”只是在某次家庭聚会中几个人口头敲定的。但是，不管怎样，在当时的社会条件下，这都不是一种正式身份。凤姐上面有贾琏，贾琏上面有贾政和王夫人，贾赦和邢夫人也有否决权——他们成事不足，但搅黄一件事的能力还是有的。

真正说了算的人自然是老祖宗。

如果那个真正说了算的人时时事事都表态的话，王熙凤的工作会更难开展。

老祖宗千秋，两个婆子得罪了尤氏被凤姐捆了起来。那次邢夫人表达了激烈的抗议，尤氏也不领情，王夫人跨过凤姐直接把人放了。这件事凤姐并没办错，但似乎所有人都在反对她。这对凤姐来说是一次打击，又气又愧之余她的身体似乎也在抗议了。而贾母只是私下站在了凤姐这边，她向鸳鸯感慨——这正是凤丫头知礼处！

接下来又发生上夜的老婆子聚赌、园中惊现绣春囊等诸多烦心事项，王熙凤第一次有点看破的意思：随他们闹去吧，横竖还有许多人呢！

“许多人”自然就是她上面那些“婆婆”了——王熙凤似乎并不需要对事情的最终结果负责任。要么是她的能力不足以承担如此重大的责任，要么就是“授权”不充分。

老祖宗应该对凤姐表达更多的支持吗？我们无数次见证了老太太对凤姐的“疼爱”，或者老祖宗是在以这种方式表达对凤姐工作的支持。对生性爱逞能的凤姐来说，“看破”仅仅是一瞬间的情绪化反应。冲到最前线，杀伐决断才是她的本色。到最后伤痕累累，乃至自误性命都只是各人的命运罢了。

模样极标致的凤丫头明明可以靠颜值，最后我们记住的却是她的精明、干练与冷酷。但所有人都知道，凤姐的这个“家”其实并不好当，因为“婆婆”太多，家庭事务本就琐碎而模糊，更重要的是贾府此时正在走下坡路。

在老祖宗的庇护下，总体来说凤姐的工作一直都是很出色的，她也因此成为“大观园”里最厉害的那个角色。但她真正厉害处不是弄死贾瑞、借秋桐杀死尤二姐，而是她对与老祖宗关系的成功维护。

王熙凤始终是那个说话办事最让人舒服的人——尤其是在老祖宗面前。一个不争的事实是，只有老祖宗舒服了，凤姐才有机会继续当这个家。

雪天里姑娘们赏梅花，贾母偷偷跑去凑热闹。因为老祖宗是刻意避开众人来躲清静的，如果凤姐没跟来，也不影响她的考核称职；但她找了来就铁定该拿优秀。凤姐更应该得到奖赏的理由是——她找了过来，只是来报告债主已走（恰好来了两个要年例的姑子），老祖宗不必躲了，可以回家吃饭了。所有人都知道这是玩笑话，但凤姐的玩笑是为了低调处理她这次格外贴心的陪侍任务。

也是为了消除老祖宗心里可能有的那一点点“负罪感”。

还是这一次，薛姨妈说起原打算请老祖宗赏雪的，听说老祖宗身上不大爽，因此没敢惊动。老祖宗说下次再说吧，凤姐就玩笑说：姑妈就先放五十两银子在我这儿吧，也不得忘了。贾母顺着凤姐的话说：不如我们两个就把五十两银子分了更实惠。凤姐说老祖宗竟然跟自己想到一处了。老祖宗则开始笑凤姐：不要脸的，只知道顺杆爬，占亲戚的便宜，也不害臊！凤姐说：我懂了，老祖宗原打算跟我分赃的，现在看情形分不成了，就翻脸拿我过桥……

这当然是一次高水平的对谈。高手过招，谈笑间已经无数个回合，而且招招皆是惊心动魄的——话未说完，众人已笑倒在炕上。

我们相信那才是老祖宗人生中最开心的一天。

凤姐之于老祖宗一如宝钗之于薛姨妈——正事可以指望，闲时还可开开心。但相对于薛姨妈只是需要宝钗的“迎合”，老祖宗需要的则更多。

薛姨妈也一直在迎合老祖宗，周围的人都想迎合老祖宗，但老祖宗肯定不是那么容易满足的。藕香榭吃蟹赏桂花，老太太讲起小时候家里有个枕霞阁，曾失足掉进水里，鬓角上还留下了窝痕。凤姐便以寿星公公头上的凸起作比，打趣老祖宗。这是公然拿老祖宗“取笑”，却是老祖宗难得的“福利”。凤姐真正的用意是怕老祖宗吃了螃蟹积在心里，先笑一笑，倒可以多吃一点。引得老祖宗当众对凤姐“示爱”——因为这完全合乎老祖宗的心思：家常没有外人，就该如此嘛！

荣国府元宵开夜宴，贾母有一篇明白畅快的《掰谎记》。老祖宗见多识广，目光如炬，针砭时弊……继续说下去，老太太情绪会更激动，再牵扯到身边的人尤其不好。凤姐便适时站出来斟酒并转移话题——这又是一次非常成功的情绪管控实操。

说书的李先儿称赞凤姐“好刚口”，说凤姐若是去说书，她们连饭碗都没了。凤姐口才之好自不用怀疑——那次击鼓传花凤姐要说笑话，丫头们都非常兴奋。

凤姐大部分时间就是贾母的续命灵丹——这两日没有痛痛快快地笑一场，倒是亏她才一路笑得心里痛快，我就再吃一杯吧！让贾府千秋万代当然很重要，在贾母看来，多吃一杯酒不是更重要吗？

当周围的人都在努力迎合的时候，老祖宗真正需要的可能是迎合之外的东西。为什么老祖宗离不了鸳鸯，因为世界上只有她敢驳老太太的话。某种程度上，这才是老祖宗的“刚需”。

凤姐就像个高明的特技演员，她就是有本事让自己的半只脚踏空立在悬崖边上，再往前一分就会粉身碎骨。这种过与没过之间的精准拿捏，常常会让她拿到老祖宗“撕嘴”的最高奖赏。

还是元宵夜宴那回，贾母不见袭人，便责备她是在“拿大”。王夫人解释说袭人有热孝在身，贾母话赶话说，跟主子讲什么孝与不孝？还不是我们太宽了！王熙凤是这样“圆场”的：袭人便是没孝，留在家里看家也是妥当的，等会儿宝兄弟回去还省得各样不齐备，又全了她的礼……老祖宗要叫，我现在就去。

一方面是帮袭人“开脱”，更主要的是在给贾母台阶。会说话的人永远都在为别人搭台阶。

邢夫人为贾赦讨要鸳鸯惹得老祖宗极不高兴，旁边的人也十分尴尬。凤姐却适时开始了对贾母的“批评”——她一本正经地批评贾母太会调理人，把个鸳鸯调理得跟一根水葱儿似的，自己要是个孙子早都要去了。在这无比舒服的台阶前，僵硬的空气瞬间软化开来，贾母的身边也恢复了往日的阳光灿烂。

李纨、探春协理荣国府的时候，一帮管事的欺负李纨是个菩萨，探春是个腼腆小姐，加上赵姨娘的厮闹，逼得探春在“添减”问题上只能铁面无私。平儿却说：姑娘看着该添该减的自去添减了，一则是帮太太做事，二则也不枉姑娘待我们奶奶的情义了。

明明是给王熙凤“没脸”，在平儿嘴里却成了体恤凤姐。我们应该相信，平儿这种说话能力一定是得了她主子真传的，或者说正是这样的平儿才能成为凤姐的心腹。

初看，凤姐总是站在距离老祖宗最近的地方，她挟天子以令诸侯似乎是为了什么个人目的。说她喜欢逞强揽事，卖弄才干肯定是有的；但是说她有什么个人私利，证据可能还不够充足。

作为事实上的当家人，王熙凤的首要任务便是确保整个家族的正常运转。真碰见周转不开时，她也不免拿自己的金项圈去暂借几百银子——很难说这只是做给人看的吧？我们笑她机关算尽最后只是在小数点后面做文章，这难道是指查抄大观园时，王熙凤一生积攒的巨额财富被抄检一空吗？如果整个贾府这个“巢”都倒下来了，是否能找到一两根完整的羽毛又有什么意义呢？

站在凤姐的角度，工作永远是第一位的。

王夫人是第一责任人，贾琏是直接责任人，凤姐只是个助理。王夫人自从得了凤姐这么个“细心人”也乐得偷个空儿。王夫人跟凤姐两边论都是亲戚，她既是太太，又是姑妈，但是王夫人信任她吗？赵姨娘打小报告投诉月钱短了，王夫人第一时间做了调查……赵姨娘是什么人，没有人比王夫人更清楚了。王夫人对凤姐的“调查”与其说是去疑，不如说她并未百分之百信任凤姐。那次凤姐对着赵姨娘破口大骂一方面是情绪发泄，说到底也是一次非正式的财务公开。

贾母肯定是凤姐的靠山，但只要当家，她谁都得罪不起。若是烈火烹油，鲜花着锦的时候，一些矛盾在高速前行的途中自然就化解掉了；可是现在大环境不好，进的少，出的多，原本该消费降级的，面子又似乎永远比未来重要——巧媳妇该如何煮这锅没米的粥呢？

王熙凤能做的只是让这艘漏洞百出的大船彻底沉覆的日子尽量延后而已，为了老祖宗的信任，也为了落个会持家的名声。没有太多的证据可以证明王熙凤打算在此过程中先给自己捞什么好处。

王熙凤将“当家人”这个差事主动揽在怀里，除了一点虚荣心和满足感之外，她收获了更多实惠吗？

在邢夫人身边王善宝家的、费婆子一帮人看来，凤姐只是一味哄老太太喜欢，然后辖制琏二爷，调唆二太太，最终目的是自己作威作福。

这自然是她们会有的想法。诗社难以为继时，大家想到的是请凤姐做监察御史。照道理，这不属于她的工作范围，但是这件额外的差事她做不好，范围内的事情她也很难做好——大观园里就别想混了。这正是凤姐的为难处，就像没有老祖宗的信任，她再能干都没有意义一样。

邢夫人的贪婪懦弱、王夫人的简单率直，乃至老祖宗的假装糊涂……大观园中的老少男女高兴时则笑，伤心时便哭，凤姐只能打折胳膊往袖里藏。家里上下几乎没有人不恨她，她也知道自己吃力不讨好，但她更清楚的是自己早就骑上了老虎。

其中一个很大的原因就是不能让老祖宗失望。抄检完大观园之后，凤姐当夜就病了。浑身无力、头晕眼花……医生说得也很清楚：心气不足、虚火上升，过度忧劳，伤及脾胃，导致不思饮食、嗜卧好眠。显而易见，凤姐工作压力太大，操劳过度、积劳成疾……但她最终收获的似乎也只有这么多。

如果老祖宗的信任也算的话，凤姐的收获还算是丰厚。老祖宗是贾府的灵魂，得这样人的赏识与信任，并可常常亲炙、交流，对凤姐来说，也算是成功人生了吧。

毒设相思局害死贾瑞，我们第一次见识了王熙凤的手段。贾瑞不知天高地厚，吃相又极难看，值得我们同情的倒是凤姐。尤二姐一案中，包括贾母在内，几乎所有人都被凤姐玩弄于鼓掌之中。那一次从头至尾她几乎只是为了自己的私心。那一次王熙凤大获全胜。

除此之外，凤姐小心翼翼、东挪西借似乎只是为了竭力维持一个和平的局面，对得住老祖宗的信任。

如果硬要给老祖宗“最疼的人”排个序的话，第一个自然是宝玉，第二个应该就是凤姐了——因为从本质上讲，她们才是一类人。

素面朝天的李宫裁

李纨是大观园中一株文心兰，她只是将无限的情思悄悄收藏在了内心深处。从青春丧偶到晚年因子而贵，她的人生一直缺少一个拯救者。

她的人生似乎从一开始就被父亲设定好了。那个名叫“守中”的父亲给自己的女儿取名李纨，表字宫裁，是希望她以针线女红为要。父亲只许她略认得几个字，读书也只限于前朝那几个贤女的传记。而在此之前，他们家则是翰墨簪缨世族，族中男女无有不读诗书者。

我们不知道其间发生了什么。

其实李纨原本有可能成为另一个林黛玉的。父亲对女儿的重新定位使得李纨在面对眼前这个世界时，几乎从一开始就没有任何求取的激情。

在相当长的时间内，女子的才德关系问题一直都是整个社会关注的焦点。作为贾府这样的大户人家，女孩子读书识字是天经地义的吗？

我们可以肯定，老祖宗是不识字的。王夫人、邢夫人和薛姨妈那一辈也不识字，连更年轻的王熙凤也没有读过书。林黛玉第一次来到贾府时，凤姐出场后曾随口问了一句“可也上过学”，但那只是人情话，而且她根本就没打算要答案。后来贾母倒是问过黛玉念何书，黛玉回答——只刚念了《四书》。这应该是一个已经打了折扣的答案，但黛玉随即就意识到贾母对这个问题的不关心。在贾母看来，读书的功能只是限于不要做一个睁眼瞎罢了。

“掰谎记”那次，贾母对某些读书人的蔑视让在场的所有人都觉得，读书实在不是一件需要大力炫耀的事情。

把书读进去已经不容易了，要从里面再读出来方是读书人的本分——在贾母看来那些读不出来的人一辈子就迂在里面了。身为国子监祭酒的父亲对李纨人生的设定就是平平淡淡、波澜不惊的日常生活。

我们猜想他们家族曾经发生过什么，使得父亲一开始就对某些东西保持了相当的警惕。即便什么也没有发生过，不去挖掘、触动内心深处的世界，这样的人生也许更美好吧？

铅华洗尽，回到源头，其实世界上每一个父母对自己孩子的要求就是平平安安罢了。不需要愁肠百结，也不要大喜大悲。如果黛玉只是“认得两个字”，她也许就不会如此敏感多情，也不会在心里淤积那么多的缠绵，乃至最后搭上自己的性命。我们甚至可以想象，假如黛玉还有妹妹，为了“吸取教训”，让她以针凿为务也算是一个明智的决定吧？

贾府当初是通过“武力”得到封荫的，对他们来说，读书真的不重要吗？至少我们能够看见的是，他们家族的“文化建设”开展得一直有些三心二意。掌管贾府“私学”的是那位半桶水的贾代儒，而且学校似乎长期处于半瘫痪状态。

荣国府通过长女元春走上了势力顶峰，这是世人都看得见的荣耀。贾家之前已经通过婚姻连接了王、史、薛三大世族，四大家族拥有让天下人羡慕的富贵和荣华。

长子贾珠的价值似乎主要体现在软实力——文化。李纨是国子监祭酒之女，一定程度上，她代表的是荣国府的文化品味。更早的时候，因武世袭了国公的贾家，通过联姻曾经在一定程度上接通了天下文脉——老祖宗唯一的爱女贾敏嫁给了前科的探花林如海，林黛玉显然继承了父亲的某种天赋。黛玉的才情在大观园里肯定是最突出的一个。除此之外，贾敬是正经的乙卯科进士，贾政自幼酷喜读书，他原本的人生愿景也是要凭科甲出身的。

李纨的故事却告诉我们，在古代，读书是一件无比严肃的事情——书香门第很重要，女孩子究竟应该把书读到什么程度则要看具体情况。极有可能成为“宝二奶奶”的薛宝钗也一直对读书识字，或者说是对文学的副作用保持足够的警觉——移了性情，就不可救了。在她那里永远是贞静第一，女红第二，读书识字从来都不是分内之事。

黛玉一生与诗书结缘，其才情无人能及，女红对她而言纯属装点，一年中也拿不起一两回针线。但她似乎比所有人都痛苦。

中秋夜联诗那次，我们见证了黛玉的绝世才华，相对而言，同是大家庭出身的湘云也要略逊一筹。除此之外，宝钗、探春、宝玉、迎春、惜春，乃至后来的宝琴、李纨、李绮大都能够出口成章。在商议组建诗社时，李纨反复强调自己不会作诗，但她积极为诗社奔走，一方面是为了姐妹们玩得开心；另一方面，我们似乎也从中洞见了李纨内心深处的某些浪漫情思。

李纨首先是作为荣国府继承人守护者身份存在的——贾兰肯定是她活下去的主要理由。

及至到了最后，大观园里的荣耀跟所有人都没有关系，但它的腐烂似乎每个人都有责任——李纨是唯一的局外人。

我们见到李纨时，她已经是寡居状态。她对婆婆、祖婆婆毕恭毕敬，完全符合一个长子、长孙媳妇的身份。大观园开园时，李纨随黛玉迎探惜四位妹妹及宝玉一同迁入，随后入住的还有宝钗、湘云及那一把“四根水葱儿”。李纨的另一项非正式使命就是带领家里那几个才华横溢的妹妹，或做针线，或读书。探春提议成立诗社后，李纨罕有地主动站出来任了社长。李纨在诗社中表现得特别积极，她提供场所，操办活动，甚至上门找凤姐讨要经费……让我们仿佛瞥见了她对自己平淡人生的某种不甘。

风亭月榭之下，醉飞饮盏之时，一群花一样的少男少女聚在一起吟诗作对，“海棠诗社”在一定程度上代表了大观园的盛景，也是贾府鲜花着锦的标志。如果说李纨在大观园里的事业就是经营诗社，不知她父亲会觉得欣慰还是遗憾。

我们隐约觉得李纨也许不一定非得活成今天这个样子。

其实，我们一直不确定大观园里的华丽对李纨来说意味着什么。

“珠大奶奶”“大嫂子”“珠儿媳妇”……就像是一株鲜花在它最灿烂时被制成了一件标本，它的鲜活永远定格在了那一瞬间。问题在于，大观园是一个适合存放标本的地方吗?

在通行本中，李纨还是林妹妹的最后陪伴者，也是那场伟大爱情幻灭的见证人。

该如何描述李纨自己曾经的爱情生活呢?她跟贾珠的日子曾经十分美好吧?贾宝玉被父亲责打，王夫人因为心痛而哭得死去活来。那次李纨也大哭了一场——表面上是王夫人提到了早死的贾珠，我觉得李纨只是“借机”抒解了一番内心的愁闷，因为更多的时候她应该扮演一个平静而知足的“大奶奶”。另一次姐妹们谈及各人身边都有可靠的人——老太太身边有鸳鸯，太太屋里有彩霞，宝玉身边有袭人，凤姐那么周到全靠有个平姑娘。李纨就想起自己身边原也有两个人的，贾珠一死，她们就不自在，只得打发了，最后落得自己一个孤鬼……说着便滴下泪来。

此去经年，李纨早已心如止水，她宛如一盆清幽兰草，将一切色彩与馨香都收纳于心底。按说，李纨的主要工作就是教导儿子贾兰，以便接续荣府的血脉。但是，贾兰的日常生活肯定是由那些专业的妈妈负责的，读书是在学堂，贾兰曾短暂在宁府练习过射箭，我们还见过他举着一把弓箭追逐一头梅花鹿……但书中李纨与儿子的互动几乎为零。

李纨过早地终结了自己人生的高潮，剩下的日子里，她安安静静地陪伴着儿子一天天长大，也在一天天消磨着自己的青春。撇开表面那些原因，李纨青春丧偶，只与一群妹妹读书作诗，虽然可能赚取了一个诰命的虚名，这真的算是一种理想人生吗？

但她一生始终缺乏一个拯救者。

说起来，老祖宗也算是寡居，她在一定程度上是一个自我拯救者。作为贾府塔尖的人，她始终没有把自己架在那上面。她毫无原则地疼爱着宝玉，因为这个孙子总能让她想起丈夫以及曾经的美好日子；她从不掩饰对凤姐的偏爱，因为凤姐可以带给她欢乐；她就是有本事放下那些不开心的事情，她极力享受着生活中的每一个瞬间。

当岁月染白李纨时，当贾兰长大成人之后，李纨会成为下一届老祖宗吗？

与老祖宗相比，李纨似乎永远缺失了某些东西。

事实上，李纨似乎就是大观园里唯一的静默者。提及贾珠时她依然会落泪，但那只是一片静深湖面偶尔泛起的涟漪。

包括老祖宗在内，大观园里的每一个人似乎都在求取，或者离主子更近的位置，或者更多的声色及精神欲求，或成道成佛，乃至一个接一个地热闹。

连那些不起眼的小丫头可能都在“求取”一个无条件放出去的机会……

儿时的丰盈感一直延续到了今天，李纨就那样安安静静地待在那里。她从不需要额外的追逐（事实上，她已经得到了跟老祖宗平齐的待遇，每月二十两的月钱，另有丰厚的租金收入），她甚至可以素面朝天地跟一群花一般的女儿在大观园里一起玩乐。

抄检大观园后，尤氏去接入画，被四姑娘惜春说了一大通淡话，惹得尤氏心情极差。她转去李纨那里想洗把脸，才发现李纨平常是一切脂粉都不用的。

当所有人都若有所待地或哭或笑时，李纨竟然一无所求，她素面朝天、平心静气，只是大致保留了一个等待的姿势。

另一个不施脂粉的人是薛宝钗。宝玉曾问她熏什么香，她说从不弄这些东西。宝钗自己住在雪洞一般的屋子里，让老祖宗觉得自己只配住猪圈。得了十二支“内造”的头花儿全让周瑞家的送人了。王夫人让宝钗留着自己戴，薛姨妈说她从来都不戴这些东西。

探春送了一块玉佩给岫烟，因为人人都有。宝钗见了顺便就把这个弟妹说教了一番：你看我从头到脚哪有这些富丽闲妆？原来也有，但此时不比以前了。这些没用的东西家里倒有一箱子，只是从实守分比它们更重要！

不是一家人不进一家门。至少在这一点上，珠大奶奶和宝二奶奶就像是趣味相投的一对好姐妹。

我们不知道贾珠的性格志趣，但宝玉对脂粉钗环的独特嗜好，似乎已经暗示了贾珠才是一个大家族中青年才俊的标准形象……就像怪诞不经的宝玉正是对正经的贾政的某种“矫正”一样。

薛宝钗则将自王夫人、李纨的清静进行到底。

人生就是，你得不到自己最喜欢的东西，一直都得不到；然后它再给你一些其他东西。李纨原本的人生应该可以更精彩的，但父亲拒绝她去深入探究。成为荣国府的长孙媳妇似乎是一个不错的归宿，丈夫早逝肯定是一个女人的灾难，但有儿子相伴也算是不幸之幸了……

比这些都重要的是，她比其他人更早获得了心灵上的平静——是生活本身拯救了她。

作为大观园中唯一获得救赎的人，李纨不应该是那个被嘲笑的人。她的冰清玉洁并没有影响到别人，她的平静值得我们尊重乃至羡慕。

老祖宗疼凤姐，但也从不掩饰对安安静静的李纨的喜欢。

也许某一天我们会突然意识到李纨方是大观园里的至真至美者。

她出身华丽，原本可以拥有更鲜艳的人生。但父亲觉得有些东西需要改变，于是就从她那里开始，他们选择了更平凡的生活姿态。

母蝗虫的典李纨是听不懂的，鸳鸯说“咱们今儿也得了一个女篾片”，李纨都不知她在说什么。当鸳鸯解释说打算让刘姥姥扮演小丑逗老祖宗开心时，李纨还提醒她“仔细老太太说”。

作为大嫂，她又会像一位女侠一样帮平儿出头。那一次是贾琏偷情，凤姐撒泼，二人都拿平儿煞性子。当着众姐妹的面，李纨的话凌厉活泼，但又合乎她的身份，她对着凤姐说：你在平儿面前拾鞋子还差不多，你们主仆两个早该换个“个儿”了！我们在其中见到的是李纨不着痕迹的善良——对平儿，对凤姐。

我们还发现，李纨连善良都收藏在了内心深处。

佛经里说，曾经有个年老的乞妇，她将自己仅有的一个铜板换来的一小勺酥油供养在了佛前。而这盏灯永远都不会熄灭，因为它至诚至净——一个铜板让她最终成了燃灯佛。

比起那些轰轰烈烈的修行者，这个素面朝天的女人似乎更容易挣得大成就。我们也愿意相信，大观园里这位美丽的未亡人最终活成了她父亲希望的样子。

为大观园撑起一片阴凉的人

贾芸一出生遇见的就是世界最残酷的那一面。庶出，父亲早逝……贾芸的母亲就是贾琏口中的“西廊下五嫂子”，如果她也能像贾芹的母亲那样出面去求求王熙凤，家里的日子可能会好过很多。但这个温顺而怯懦的女人不善言辞又羞于见人，她根本不会或者不敢去求人。

那个“不是人”的舅舅的出场只是让贾芸面前的世界变得更加绝望。

父亲死得早，孤儿寡母得舅舅看顾原本是一个情义无价的感人故事，但舅舅认为贾芸应该去贾府寻找机会——这与其说是为外甥着想，不如说是为了跟自己撇清关系。

但舅舅的说教堂皇而动人：拥有自己的事业方是长久之计嘛。

贾芸也是这样想的，但需要舅舅帮他一把。贾芸想跟舅舅赊几两冰片麝香作为自己事业的“启动资金”，但舅舅根本就不看好他，因此不打算投资。舅舅的话倒不难听，但也没有给贾芸留任何希望：首先，铺子里刚立下规矩，一概不准赊欠；其次，铺子里根本就没这些贵重东西；最后，就算有，也不能给你，你能有什么正事？给你还不是害你！

这也罢了。开着大香料铺，卖着老百姓用不起的东西，舅舅家里的家道却艰难得让人难以置信——夫妻两人的午餐只有一碗快餐面。一人吃面，一人喝汤，如果留下外甥的话，就只能闻闻味道了。“不是人”的舅舅也知道外甥不是神仙，就让更不是人的舅母想办法——叫小丫头去对门王奶奶家借几块钱，再去买个面呗。

形势不好，日子艰难大家也是知道的，就像在刘姥姥心目中贾府大也有大的难处一样。但是，“不是人”一家的日子真到了这样揭不开锅的地步了吗？开门做生意手上虽有几个现钱，但灯油火蜡，他们每时每刻都得计算成本，自然把钱看得比常人重些。

贾芸似乎也没有更多抱怨，相信他不是第一次遭受白眼。他知道这不一定全是舅舅的问题。

走出舅舅家门的贾芸心里一定比黄连还苦，他内心某个东西也一定在动摇。但事情常常就是这样，如果顺利获得了舅舅的投资，贾芸可能就没有机会结交醉金刚倪二了。但这个专在赌场吃闲钱的泼皮注定要成为贾芸生命中的贵人——他甚至有可能成为贾家落难时的大恩人。

倪二不仅爽快地送上十五两银子，且声明不收利息，甚至连借据也不准写——听起来就像是骗子设下的陷阱。

贾芸拿倪二的钱肯定是有风险的。当他去钱铺称过银子的重量，十五两只多不少，知道醉金刚没有骗他，心里才稍稍踏实了一点。但买到冰片麝香也不代表他的人生已经出现了转机，要讨得凤姐的欢心才算。

事实上，他之前已经求了贾琏。贾琏是“县官”，现管却是凤姐。先他一步直接去求“现管”的贾芹的事业已经顺利起步了，贾芸的人生依然在起点徘徊。

在通行本里，贾府败落后，贾芸性情大变，与贾环、贾蔷等人混在一起，喝酒赌钱，把贾府闹了个天翻地覆。作为“狼舅奸兄”中的奸兄，贾芸是把巧姐卖入娼门的主谋。

我更愿意相信，“奸兄”说的不是贾芸。但是，如果一个人太长时间深陷泥淖的话，他就可能成为泥淖的一部分。是为这个世界带来一片阴凉，还是让世界多一个帮凶，有时候就在我们的一念之间。

生活对每个人来说都不容易，贾芸的舅舅没有提供实质性的帮助，倒给他讲了一个励志故事。

住在后街的贾芹——三房里的老四已经管着四五十个和尚道士，每个月都有专项经费，俨然是一个小老板了。在舅舅看来，作为二房（或者四五六房）里的老二，贾芸早就该去求一求大房，或者只是去求一求管事的，也弄个事管管，早晚也混个人样儿出来。

十二个小和尚再加十二个小道士，到了“不是人”的舅舅嘴里变成了四五十个和尚道士——不知道这个生意人的账是怎样算的——旁边贾芹骑着大叫驴……这样的场面和派头就是他们眼里成功人士的标配。

贾芹的成功故事一直都在激励着这位西廊青年。

如果他运气再好一点，像宁国府正派玄孙贾蔷一样直接被贾珍关照，负责组建并主管贾府的私家戏班，从此以后衣食无忧——也许这才该是一个孤儿在这个冷酷世界里应有的待遇。

“西廊下”只是一个象征性的说法，它的含义是他们跟贾府有某种不十分确定的联结。贾芸的父亲甚至爷爷已经是庶出了，经过数次开枝散叶后，枝叶与主干的关系越来越模糊。除了一个堂皇的贾氏子孙与辈分外，他们与街巷里那些黔首百姓已经没有任何区别了。

草字辈中有找工作经历的至少有蔷芹芸三人。

贾蔷是宁国府正派玄孙，人又生得风流倜傥，且深得贾珍看顾。元春省亲时，他不费吹灰之力就得了一个南下姑苏采买唱戏女子组建戏班的美差事，之后又负责管理戏班，已经是一份常人羡慕的事业了。贾蔷的成功还在于，因为工作关系赢得了小旦龄官的芳心。戏班中最出众的就是龄官，眉眼、脾性都有几分像林妹妹，她甚至得到过元妃娘娘的特别赏赐。

一个缱绻的午后，蔷薇架下，这个女孩把一个“蔷”字在地上写了几千个，雨淋湿了头发都不知道……她心里此刻该有多少煎熬呢？

贾蔷得到龄官无法排遣的痴情，连宝玉都有点嫉妒了。弱水三千，属于你的永远只有一瓢——这大概就是宝玉在贾蔷和龄官身上得到的最大感悟了。

贾芹则因为母亲的影响力，也得到了一份铁槛寺管理和尚道士的美差。每个月有专项经费，本来也是一个安身立命的事业，但他不知珍惜，胡作非为，给贾府带来麻烦，也葬送了自己的前途。某个年关领取年物时，贾芹挤在队伍前面被贾珍当众奚落，更是丧失了仅有的一点儿尊严。

贾芸却要完全靠自己奋斗，贾氏子孙中他是真正的小人物。

宝玉见到贾芸就提出了认作儿子，贾芸的“斯文清秀”肯定是一个原因。贾芸自然也清楚，这其实是他的一个机会，他也很努力去抓这个机会了。当贾琏说贾芸比宝玉大四五岁时，贾芸的说辞也合情合理——山高高不过太阳，自己父亲死得早，如果叔叔肯教导，那就是侄儿的造化了。宝玉的回应也非常积极，让贾芸改天过来，并承诺带他到园里玩。

贾芸的运气似乎突然变好了，如果能得到“父亲”宝玉的庇护，他的世界一定会变得光明起来。

贾芸对天上掉下来的这个“父亲”一定是抱着相当期待的，但等他再次见到“父亲”时，已经是几个月之后的事情了。而且贾芸意识到“父亲”当时的承诺仅仅是富贵公子的口头禅而已——宝玉根本就没有把这些小事放在心上！

十八岁的俊美少年希望能在一个十三岁的孩子面前叫一声父亲，你当然会觉得他很可怜。但我们终将明白，这个可怜的俊美少年也是一个有情有义的拯救者。

此时的贾芸低眉顺眼、小心翼翼是希望得到贾府正经主子些微的关照。

贾芸一开始是把宝押在贾琏身上的。贾琏似乎也给了他某种承诺，但他很快就意识到自己托错了人。但贾芸还是有收获的，尽管管理和尚道士的事派了贾芹，他得到的消息是，接下来还有一宗种树种花的活。贾芸知道自己不能再错过机会了。

如果说求贾琏只是需要一些诚恳与小心的话，买通凤姐贾芸还需要其他成本。

相信此前贾芸已经做足了功课，他给王熙凤精心准备的第一样“礼物”就是面子。贾芸挑了一个凤姐气场最足的时刻：一群人簇拥着凤姐迎面走过来了，贾芸毕恭毕敬地抢上来请安。凤姐摆出的是一如既往的排场——正眼也不瞧贾芸，脚往前走，嘴里问他母亲好。

贾芸顺便出示了他的第二样“礼物”：“口惠”——其实就是当面奉承。贾芸的得体在于他是借着母亲的口说出来的：婶子身体单弱，事情又多还处理得这样周全，换个人早就累得不成样了。

这些就可以满足凤姐了吗？不能。贾芸接着出示他的第三样礼物——冰片麝香。贾芸将一个锦盒举过头顶，凤姐于是十分喜欢，命丰儿把冰片麝香收好。

凤姐是肯定不会轻易收人东西的。贾芸选择送礼的时机是端阳节前夕，贾府少不得要采买节礼；贾芸选择的冰片麝香又是他们不可缺少的。关于这些贵物，贾芸事先准备了一个小故事——故事跟礼物同样重要：一个朋友选了云南去做官，家里的香料铺不开了，有些东西要送人，贾芸得了一点冰片麝香。虽然是朋友赠送，东西却是好东西。一般人用不上也用不起，给他们也是白糟蹋。贾芸说，想来想去凤姐才是最有资格得到它的人。

东西是朋友送的（没花钱），给别人又浪费（他们都不配），凤姐还有什么理由不要呢？

王熙凤却故意耍了一个心眼——收了礼物根本没提种树的事。

买冰片麝香的钱是贾芸跟泼皮借的，如果贾芸拿不到业务的话，倪二可能就真成泼皮了。

第二天凤姐又故意骂贾芸“弄鬼”，原来送东西是为了求凤姐让他进来种树。送礼跟种树有关联吗？承认即是对双方的贬损。贾芸不承认的理由是，种树求的是贾琏，如果想求凤姐的话一早就求了——可见贾芸送冰片麝香不是为了种树……现在既然这样，那干脆就求婶子帮个忙吧。

礼已经收了，得了东西接着答应贾芸种树，让人觉得她眼窝浅，见不得东西似的。更重要的是，她要装作根本不知道贾芸有事相求。这里面的微妙大家都懂。凤姐继续打太极——原有种树的事，只是不大好，明年正月采买烟火灯烛的大买卖你来办。贾芸也知道凤姐是在“逗”他，他只能顺着凤姐——果然这个我办得好，再派我那个吧。

这当然是个烟幕弹，但却是必需的——凤姐决定关照贾芸是因为“叔叔”常常夸他说话明白，心里又有见识。要不是你叔叔说你好话，我才不管你的事呢！凤姐最终将收礼跟派活两件事撇得清清楚楚。

但贾芸终于到手了白花花的二百两银子。

贾芸后来得到烟火灯烛那个大宗业务了吗？大观园里接着发生了凤姐和宝玉被马道婆驱动的五鬼魇镇，整个贾府天翻地覆。如果凤姐知道她不省人事期间是贾芸整夜整夜守在她身边时，她会心存感激吗？

宝玉后来当面表达了谢意。贾芸的回答却是感恩——宝叔的安康才是我们一大家子的幸福。

好事多磨正是世上的普遍规律，但无论如何，贾芸最后如愿以偿拿到了业务。贾芸不送礼能拿到种树工程吗？也许可以。但是作为贾氏子孙，为了生存却要额外花费这么多心机，无论他最后变成了恶魔还是天使似乎都有了充分的理由。

若干年后，贾府竟然发生了为钱财贱卖巧姐的丑事。如果这件事真是贾芸干的，他只是把他接纳的那个丑陋的世界完整地延续了下去。如果他是最后拯救宝玉和凤姐乃至贾府的人，那就是他接过一个恶魔后，还给了我们一个天使——他就像是烂泥中一朵洁身自好的莲花。

对贾芸来说，比莲花更重要的是他也收获了一份爱情。

跟多情的小红姑娘比起来，那二百两银子也算不了什么。我们甚至可以据此断定贾芸不可能是那个“奸兄”：一个拥有爱情的人无论如何都不该是一个穷凶极恶的人。

小红几乎就是贾芸人生中唯一的好运气。

跟贾芸一样，小红原来也看不到任何生活的希望。仅仅是因为给宝玉倒了一次茶，就被宝玉身边那些伶牙俐齿的丫头冷嘲热讽，什么攀高枝之类的难听话都来了。这一次尴尬的经历让小红明白，她必须重新审视自己的处境。芸二爷肯定不是宝二爷，但好歹也是个爷。更重要的是，捡手帕让小红意识到这是他们的缘分；匆匆一瞥更让小红心里认定芸二爷才是对的人。

到了故事的尾声，我们才恍然大悟：他们的相遇似乎就是为了在贾府遭难时出面救助。大树倒了，死的死了，逃的逃了。当贾府那些正经主子正处于人生最低谷的时候，小红终于有机会来到宝玉身边——就让我来攀这个高枝吧！

如果给大观园里的诗社选一个图腾的话，海棠花应该是一个合适的选择。那一天贾芸送来了两盆美丽的白海棠，海棠雅致，又是罕见的白海棠，第一期诗社有了应景的主题。贾芸当时是大观园园林工程主管，海棠花也是一个得体的礼物。

不知道当大观园里那些神仙般的公子小姐在吟诵海棠时，贾芸在做什么。

唯一值得庆幸的是，贾芸终于没有成为他那个世界里的一分子。相对于那个弱肉强食的冷酷世界，他是一个以德报怨者。他为大观园种下的那些花草可能还来不及为那些花一样美丽的少男少女遮出多少阴凉，但他和小红内心的情义与善良，却让凤姐和宝玉他们在人生最艰难的时候得到了一丝慰藉。

世界在它最糟糕的时候，终于向善的那一侧挪动了一点点。

袭人，一个拘谨的职业经理人

袭人接手时，宝玉还只是一个小学生，那以后肯定就是他们共同的好时光。如果机缘巧合，在袭人的悉心教导下，宝玉也有很大机会成为一个真正的王。

怡红院里至少有八个十几岁的大丫鬟、八个十来岁的小丫头，再加上老嬷嬷、奴仆小厮，数十个人全都在围着宝玉转。从某种意义上讲，这是一个极其恶劣的成长环境。

作为怡红院的管家，单是一个晴雯就够袭人受了。那一次，几件事赶在一起，惹得宝玉心情不好。偏晴雯又跌折了扇股子，宝玉随口说了她两句，晴雯嘴贱开始跟宝玉拌嘴。袭人赶来解劝，又被晴雯夹枪带棒说了许多难听话。袭人也不跟她一般见识，宝玉一时气恼，坚持要回太太撵走晴雯，袭人便罕有地跪下央求宝玉收回成命。

这算是怡红院里最激烈的一次事故了。事实上，更多的时候，那里团结紧张、严肃活泼，整体氛围相当和谐。一方面"大哥"宝玉疼惜女孩子；另一方面，袭人温柔可人，大家共同营造了一个温馨环境。

温馨，但又不乏生机。宝玉家里，袭人算是个小家长。宝玉孝心大动亲自插花孝敬老太太和太太，连去送花的秋纹都沾了福气。说起得太太赏东西，大家顺便就把袭人这个"西洋花点子哈巴儿"骂了一通——其实就是玩笑。

袭人笑道：拿我取笑，一个个不知怎么死呢！

心理学理论告诉我们，大部分人都是用一生的时间在偿还童年的不满足感。十五六岁的袭人顺柔如水，亦姊亦母；晴雯、麝月、秋纹伶牙俐齿、活力四射。这就是宝玉成长的环境，童年的丰盈感，应该足以延续到他生命的每一个角落。

就在这样的温柔富贵乡里，在袭人她们水一般的滋润下，贾宝玉茁壮成长着。尽管宝玉天生就有一些"痴病"，但毕竟年龄还小，无论成为优秀栋梁，还是称职相公，一切都还来得及。

如果说袭人从来就没有想过升级做一个"姨娘"，那肯定不符合事实；但是袭人在劝化宝玉时，她只是按照自己的价值观和身份行事。

老祖宗将袭人空降在宝玉身边，是赋予了她更大使命的——用她的柔情驯化这位怡红公子，让他成为一个收放有度的人。

但这是一件不可能完成的任务。那年元宵节过后袭人被接回家吃年茶，母亲打算提前帮她赎身，袭人便“利用”宝玉对她的依恋，巧妙地拿赎身说事，“要挟”宝玉改邪归正。

那一次袭人就像一个能干的小姐姐，带着一个糊涂的小弟弟。袭人先是吓唬宝玉说她很快就要走了，等宝玉被吓哭之后，再给他一点希望，说自己也可以不走……一步一步，把宝玉引入她设置的温柔陷阱。为了这个弟弟，不算聪明的她也算是拼了。

但随后的事实证明，这个小姐姐的威力很有限，或者说那个小弟弟的糊涂程度远远超出了我们的想象。昨天他信誓旦旦地说“都改”，并授予袭人“拧嘴”的权限；但是第二天依然跟那些姊妹腻在一起，犯那些“不长进的毛病”。

当袭人最终意识到这些手段都没有办法真正改变那个坏小孩时，便在王夫人面前进谏，希望让宝玉搬出大观园。

这是袭人最有见识的一次，她的每一句话都是站在了王夫人的立场。也是这一次让王夫人把她认作了自己人，并赋予她事实“姨娘”的地位。

但我相信袭人仅仅是基于自己的责任感，向王夫人说出了自己内心的想法。

一个人究竟要走过多少路降伏多少妖魔鬼怪，才能修成正果……袭人要打败多少女人，才有可能毫发无伤地站在宝玉面前？

黛玉追着袭人喊“嫂子”的场景其实算是十分美好了。因为说到底，袭人跟她不在同一个阶层，构不成威胁。对黛玉来说，宝钗才是最可怕的敌人，湘云也是潜在劲敌，乃至张道士口里那个年满十五岁、模样极好的小姐都让黛玉不得安宁……黛玉永远将自己置身于四面埋伏中。在这所有的纠葛中，袭人最多只能算是“幕后花絮”。

袭人对宝玉的期待就像一朵小花对蝴蝶的等待。如果宝玉不来，她就只能等着。

元妃省亲过后，贾府上下正是无聊时光。贾珍摆下戏台，选的都是一些热闹的戏文，群魔乱舞，锣鼓喧天……只是合了街上那些贩夫走卒的胃口——如此热闹，家里一定富贵！

只是对宝玉来说，他们热闹到如此不堪的田地，实在很难理解。

宝玉于是去看袭人。而回到家里的袭人也一副心神不定的样子，突然离了宝玉（只是半天），仿佛全世界就失了色彩。母亲和哥哥竟提起为她赎身，袭人第一次大发脾气，说死也不会回来的。接下来，宝玉冒雪出现在袭人家门口，世界瞬间又变成了彩色照片——袭人嘴里却直怪宝玉不该这样胡闹。

那一瞬间，所有人都能看得出来，袭人一个大丫头竟成了全世界最幸福的人。

但是，到目前为止，相信宝袭二人之间最多只是一些弟弟与姐姐式的相互依恋，这种依恋主要来源于彼此一起生活形成的习惯。

宝玉突然出现在袭人面前，很难说有什么特别含义，两人之间连暧昧都谈不上。

以袭人的身份，她能要到的最大名分就是“姨娘”，比这个名分更重要的就是能够守着宝玉——甚至完成老祖宗的使命就是袭人唯一需要考虑的。跟紫鹃一样，袭人的人生发生过两次重大转向。跟着老祖宗时，心里只有老祖宗；跟宝玉了，心里便只有宝玉了。

宝玉的世界很大很大，但袭人的世界里只有宝玉。

但我还是相信，当命运需要她再一次转向蒋玉菡时，她依然会顺利进入自己新的角色。

宝玉平生第一次生气打人，被打的偏偏就是袭人，而它的意义跟他们身体第一次亲密接触并无不同。

两次都是意外。第一次是警幻姐姐的错，第二次是袭人代那些负责开门的小丫头受过。

袭人的善良在于，当时以“没踢着”化解宝玉的尴尬，以及当晚她“坦然”地接受宝玉的服侍。一方面这可以减轻宝玉内心的负罪感；另一方面，这也是不惊动别人的最好办法。除此之外，不管宝玉有多体贴她们，他的地位都是无法改变的。

这次意外事件还是在很大程度上打击了袭人。并无太多见识的她相信——少年吐血，年月不保。这也有助于她重新调整自己的人生目标，而这种调整让她在宝玉身边的日子变得更平静。

老祖宗看重的也是袭人身上这种沉静气质。晴雯像辣椒，而袭人只是一碗白米饭。没有那一碗米饭打底，所有美食的主要功能都是伤害你的肠胃。

如果作一个对比的话，晴雯在宝玉心目中的位置似乎更重。事实上，宝玉更需要的是袭人，只是他自己不知道。

宝玉挨打那次，袭人是唯一认为宝玉该打的人——而且早就该打。

其实王夫人关心的是宝玉为什么挨打。她想从袭人这里验证一下，贾环到底有没有在老爷面前说什么。对一个母亲来说，这当然很重要；如果考虑到贾环及赵姨娘的特殊身份，这个问题就更重要了。

事实上，王夫人也很清楚管教宝玉的必要性。但因为老祖宗的庇护，在贾府这是一个讳莫如深的话题。袭人是第一个冒天下之大不韪的人，这使得她成了王夫人的唯一知音。

怎么能怪老爷生气打人呢？——究竟谁才是需要对宝玉负责的人？忧心忡忡的袭人觉得自己就是。至少在面对宝玉的淘气时，袭人肯定比老爷耐心多了。

面对温柔如兰的袭人，宝玉最终却“公子无缘”，有缘的是那个戏子蒋玉菡。我们知道，宝玉挨打那次，至少有半边屁股是为蒋玉菡挨的。

蒋玉菡肯定是一个更好的爱人，一直都在认真生活的袭人绝对配得上更幸福的人生。

袭人与宝玉初试云雨情就是他们感情生活的最高峰。此后他们就一直在走下坡路，尽管表面上他们更亲密了。

这种更像是小孩子游戏式的亲密互动，仅仅是两人共同参与的一件事而已。作为被动一方的袭人其实也没有想更多。

宝玉与袭人之间，是一种介乎于姐弟与情人之间的关系——它美好却不切实际。

万儿和智能儿跟袭人的境遇也差不多，但事情到了她们那里就复杂多了。万儿肯定是被茗烟辜负了的；智能儿是水月庵里的小尼姑，她看上了秦钟的风流倜傥，后被秦钟的父亲冲散而不知所终。小人物的爱情之悲哀，就在于他们各自都无法左右自己的命运，爱情对他们更像是奢侈品。

袭人终于没有成为宝玉的女人，这算是她的遗憾吗？

事实上，袭人做得越多，他们之间的距离就越远。袭人一直都在把宝玉拉向某个轨道，但她一松手，宝玉就偏向了相反的一边。这让袭人身心俱疲。宝玉偏向的那一边正站着黛玉——连宝玉“爱红”的毛病黛玉似乎都不怎么嫌弃，她对着袭人喊“嫂子”时多少也有点嫌她多事吧？

如果说宝钗和黛玉的“五官”一直让宝玉难以抉择的

话，宝玉和黛玉的三观总是那么惊人的一致。

没有得到袭人肯定是宝玉的损失。袭人在把宝玉抱在怀里努力孵化了多年之后，竟然一直没有发现，这只是一块鹅卵石——无缘补天的顽石。

袭人的归宿是命运提前安排好了的。如何让她来到蒋玉菡身边却也不是一个容易的事情，通行本中袭人怀着必死的心肠离开贾府，仅仅是不想害了那些好人，她一次次将死的日期延后，竟一步步被迫走进了自己的幸福生活。

袭人几乎就是大观园里唯一有好结局的人。是她的柔顺救了她，亲近蒋玉菡也算是宝玉冥冥中为他唯一的女人所做的补偿吧。一缕柔肠在接纳了无数的委屈后，因为“不得已”三个字，进入“副册”，似乎稍稍平复了我们压抑的心情。

风吹草偃，那些大树都折断于它们的强壮，柔顺如兰的袭人却凭借自己的那一缕馨香，走到了最后。

长大后，晴雯就成了赵姨娘

在《红楼梦》中，赵姨娘就是垃圾。

从头至尾，赵姨娘就是一个坏人，没有一个贴心的人，也没干过一件好事。乃至最后被恶鬼缠身，死得极其难看。这样脸谱化的形象，在《红楼梦》中找不到第二个。

赵姨娘死时已经是《红楼梦》的尾声了。那时贾母新逝，停灵铁槛寺，贾府上下都在寺内伴灵。赵姨娘突然中邪，口吐白沫、胡言乱语，甚至撕扯自己的衣服。

画面不堪，有关的描述语言也极其恶俗。我猜测，这样的情节仅仅是高鹗们简单“因果报应”式的文学设计而已。在曹氏笔下的赵姨娘，或写丢，或一笔带过。因为说到底，赵姨娘毕竟不是什么重要角色，不值得曹雪芹提前设置什么草蛇灰线。

赵姨娘在书中的戏份也不算多，而且基本上都属于闹剧。

第二十五回，马道婆交给赵姨娘两个纸人和几个青面白发的纸鬼，叫赵氏在纸人上写上敌人的生辰八字。马道婆只凭自己在家里作法，几乎将宝玉和王熙凤害死。赵姨娘憎恶王熙凤绝对属于真情实感，因为王熙凤从来就没拿她当过什么；宝玉可算是人畜无害，拿他开刀实属冤枉。老祖宗心如明镜，她的话也是对着赵姨娘的——他死了，你们有什么好处？别做梦了！

赵姨娘只是嫉恨宝玉者之一，大老爷贾赦骂鸳鸯不识抬举时都说过——你心里大约是想着宝玉吧？

写着生辰八字的纸人、念诵咒语即可以置人于死地……类似的巫术，历来都不仅仅是宫斗的必备神技。家长里短，婆婆妈妈们也不时地派它上场。但是无论如何，赵姨娘这回肯定是过分了。天大的怨恨都是家庭内部矛盾，不该置人于死地的。连幸福指数最高的老祖宗这次都失了态，对着赵姨娘破口大骂：烂了舌头的混账老婆子！

这一场，赵姨娘出的是昏招，属于完败。

芳官以茉莉粉冒充蔷薇硝糊弄贾环那回，四五个女孩子将赵姨娘团团包围，直接进行了一场贴身肉搏。如果这还只是皮外伤的话，芳官那句“梅香拜把子，都是奴才”的攻击可算是直击命门了。

大观园中原本不是上演“闹剧”的地方。刘姥姥二进大观园那回如果算的话，也是为了逗老祖宗开心，属于有意为之。虽然滑稽，因为大家心里清楚，场面可控。赵姨娘这次的肉搏战本来是可以不发生的。一方面芳官几个不谙世事，行为出格；另一方面，晴雯她们看热闹不嫌事大，有意煽风点火。芳官是小孩子顽皮，赵姨娘却成了地地道道的泼妇。

话说回来，赵姨娘却算是《红楼梦》中最有斗争精神的人。只是她不知道，即便打赢了芳官，她仍然无法获胜，因为她真正的敌人就是自己的身份——这值得她为此战斗一生吗？

姨娘在有些地方是叫作“小妈”的。这个“小妈”跟“真妈”区别有多大？探春协理荣国府时，赵姨娘的兄弟死了，在发放赏银问题上曾引发过一场争执。王夫人叫探春拿主意，李纨以袭人妈为例，觉得可赏四十两，但探春坚持按例赏了二十两。接着就是赵姨娘大闹议事厅。赵姨娘的道理是——事情赶巧是探春说了算，这正是探春拉扯她们娘们的好机会；又是自己的亲舅舅，多赏二三十两太太哪有不依的？

然后贾探春就说了那句最“绝情”的话——我什么时候有过这么一个舅舅？这句话等于是说探春根本就不承认赵姨娘是她的亲生母亲。

但探春的确是赵姨娘亲生的，面目猥琐的贾环就是她同父同母的亲兄弟。

探春很过分吧？从礼法的角度看，姨娘是永远无法获得正式身份的。因为得老太太宠爱，王熙凤尚要惧怕探春三分。对庶出的探春来说，赵姨娘只能是“小妈”，正经的妈就该是王夫人，王夫人的兄弟才是她的舅舅呢。

对探春而言，通篇跟“绝情”没有关系。

河北造了一座荣国府，荣国府贾政院的正房里住着贾政和王夫人。赵姨娘和周姨娘的房子两两相对，占据着东西厢房。二位姨娘地位、待遇相同。但周姨娘在《红楼梦》中只是一个影子，她的存在似乎只是为了提醒赵姨娘——作为姨娘，周姨娘才是姨娘的标配。

但其中的苦楚只有周姨娘自己知道——没有生养过的姨娘什么也不是。假如周姨娘有儿有女，那她就是另一个赵姨娘。换句话说，赵姨娘成为今天的样子就是因为贾环和探春。

好姨娘和坏姨娘之间随时可以切换，切换键就是子嗣。

表面上，赵姨娘的不尊贵很大程度上来自她对自己真实身份的不认同，但她真应该听听自己亲生女儿的心声。那一次探春说，我只管认老爷、太太两个人，别人我一概不管。赵姨娘当然属于“别人”。

说起来都算是贾政的女人，但赵姨娘跟王夫人之间的距离就是高山与太阳之间。贾琏的生母是大老爷贾赦的原配夫人，邢夫人只是“填房夫人”，名义上跟原配的王夫人已经平起平坐了，但在真正的祭祀大典中，邢夫人也只能执侍妾之礼。

而这样的场合，姨娘们根本就不可能露面。

礼法的事，赵姨娘不可能不懂，她只是不甘心。

作为妾的赵姨娘在一定程度上只是个生育机器。按照礼法，王夫人才是探春的合法母亲——事实上探春也是王夫人亲自养大的，如果王夫人愿意，她也可以名正言顺地把贾环拿过来养。

人丁兴旺一直以来都是中国人的最高目标之一，这在很大程度上导致了妻妾成群的合理化。贾琏偷娶尤二姐时，打的旗号也是子嗣艰难。贾政当年也是因为子嗣问题才纳的赵姨娘吗？彼时贾珠还在，又有了宝玉。

至少还有一种可能，小丫头口中这位“赵不死的”也曾经是一个惹人爱怜的尤物——是为尤物，可以移人。在曾经美丽的赵姨娘面前，贾政应该是心驰神荡过的。

林黛玉第一次见到探春时，说是见之忘俗，算是一个极高的评价。另外从宝玉的偏爱中也可知探春不仅能干，且是一个玫瑰花一般的美人。如果把探春看作是年轻时的赵姨娘，不知算不算是对探春的唐突。

但是当一个女人成为“小老婆”时，她的命运基本上就定了。

香菱原名英莲，出身望族。五岁时元宵灯节上莫名被拐，后被薛蟠强买并收入房中，三日五夕后便被扔到一边去了。香菱是整部《红楼梦》第一个出场的清净女儿，十二钗“副册”中她是唯一确定人选。原本该是“夫人”的她，最终成了“小老婆”，遇见的还是薛呆子。从五岁离开家乡，到最后香魂返故里，算是《红楼梦》中最悲惨的女子之一。而且，香菱离奇的境遇让我们很容易相信命运本身之偶然性、脆弱性。

平儿既是凤姐的心腹，又是贾琏的“小老婆”，她美丽聪慧，左右为难，供应他们夫妇二人，却里里外外，无人不赞，堪称大观园中第一可人儿。即便在王熙凤死后，她有机会成为填房夫人，但是贾府的风光早已不在，平儿的幸福人生依然没有着落。

袭人是王夫人安排给宝玉的，袭人真的合乎宝玉的口味吗？相信这事要交给老祖宗，她会把晴雯给宝玉。如果说袭人就是另一个宝钗的话，晴雯分明就是另一个林黛玉。贾母把林黛玉给宝玉的可能性不大，但晴雯显然更符合贾母的趣味。

《红楼梦》“正册”中的女子似乎没有一个真正幸福的，被打入“又副册”的袭人、晴雯她们，除了“小老婆”一途，她们又该去哪里寻找自己的幸福呢？从不抗争的袭人因为一段夙缘，明明白白嫁给蒋玉菡也算是善终了。

——晴雯那蹄子就是一块爆碳！这块“爆碳”最后却死于无限的凄风苦雨中，自然算是一场悲剧；如果晴雯变成“赵姨娘”，《红楼梦》才真正成了一部悲剧。

此时看起来，贾政似乎有说不尽的拘谨与生硬，那是因为他爷爷荣国公的英雄气派与他儿子的衰败反差太大——贾珠二十岁一病便死了，宝玉又是这么个样子——家族复兴的重任一直压得政老爹喘不过气来。但不该忘记，贾政也曾是个诗酒放诞之人。无论贾政多么看不惯贾宝玉，这个儿子的确在某种程度上是承继了父亲基因的。

可以想象，若干年前，放诞不羁的贾政率领赵姨娘等一众丫头，花前月下，也曾将日子过得有声有色。一如贾宝玉今日领导下的怡红院，那里主仆不分，醉生梦死。

你也许会奇怪，贾政为什么会跟赵姨娘这么一个俗女人生儿育女？而真正应该问的问题是，曾经无限娇俏的赵姨娘为什么会变成这样一个俗女人？或者说香菱、平儿、袭人、晴雯，谁最有可能最终变成赵姨娘？

事实上，只要她们做了人家的小老婆，只要她们生儿育女，她们都会变成赵姨娘。因为这不是某个人的问题，而是小老婆们的共同命运。

做主子还是奴才，对赵姨娘来说，这是一个事关生死的大事。她的问题是不甘心做半个主子，但她又注定不可能成为正经主子。

亦主亦奴的赵姨娘一直在强调贾环与宝玉是手足兄弟，都是一样的主子——即便自己身份尴尬，如果儿子能顺利升级，也算东边不亮西边亮了吧。

在表达对赵姨娘的嫌弃时，其实也是在嫌弃自己。

因为每个人都有专属于自己的“台阶”。大观园里的日子看起来无比幸福，但薛宝钗寻了个机会便搬出去了，因为那里毕竟还不属于她。林黛玉一直都没有找到归属感，对于既无父母又无兄弟的她来说，天下已经没有她的“台阶”。袭人的归属是蒋玉菡，晴雯的“台阶”也注定不在怡红院……大荒山无稽崖青埂峰下才是贾宝玉的“台阶”。

其实对所有人来说，最重要的就是站在你的台阶上。原本该领二两月钱的尤二姐拿到了五两，她的结局却是吞金而死。赵姨娘原本到了该去跳广场舞的年纪，但她的身份及处境不允许她混迹于街头；而作为姨娘的尴尬地位同样不准许她在主子们现身的场合公开露面。说到底，属于赵姨娘们的空间一直都是零！从这个意义上讲，她们甚至还不如一个丫头——这也是鸳鸯拼死对抗小老婆身份的基本道理。

只要香菱、袭人、平儿、晴雯、鸳鸯们没有成为职业小老婆，她们就是宝玉心目中水做的清净女儿；一旦被某个世家子弟看中并收做房中人，生儿育女，又没有机会递补为“夫人”，她们终将从宝珠变成鱼眼睛——她们每个人都是潜在的赵姨娘。

如果换一种情况，赵姨娘也是一个“宝贝”，相信她至少曾经是贾政心中的宝贝，她只是被放错了地方——宝贝放错了地方就成了垃圾。